庫

二　匹

鹿島田真希

河出書房新社

目次

二匹

青春。青く未熟な春と書く。しかし現実は冬そのものだ。それは閑散としていて単調だ。過去には確かにあった心躍らす節目はもはや無し。周期的な幻滅だけがやってくる。学校の廊下で外を見ていた明はやり切れない気分になった。そんな青春を象徴するのが、彼の学校からその最寄りの駅までの界隈だったからだ。そこには花も太陽もない。あるのは道路沿いに等間隔に並べられたステンレスのオブジェのみ。若手建築家がデザインしたというそれは、ひんやりしていて触れたら手の皮がくっつきそうだ。スレンダー過ぎて物足りない。殺風景に拍車を掛けている。

そんなオブジェにぴったりの相方がいた。冬によく見る厚い雲だ。カラーを同じくするそれは、天井を低くして一人の男子高校生をも威圧する。こんな時、明は空に圧し潰されて死んだ嘘つきのキツネの物語を思い出すのだ。それは嘘をつくと、罰が当たるという教訓なのだった。あんな恐ろしい話で子供を教育しようというのだから大人の鈍感さにはかなわない。教育どころかトラウマだぜ、と怖さのあまり怒ってみたりする。俗にいう逆ギレだ。

沈黙した色彩の空を烏の点が移動した。女にビンタをされたような寂しさだ。ああ天涯孤独な烏よ。明は冬が好きになれない。

烏はやせっぽちの高い電信柱の上に留まり、

「かあ」と鳴いた。「それは烏の勝手でしょう」と言わんばかりに。そうなのだ。別に烏は寂しくもなんともない。明は潔く認めることにした。寂しいのはこの妻城明、一人だけだということを。

自分だけが寂しいのだと思うと、寂しさも一入《ひとしお》だ。こんな時、彼は心の友を捜す。心の友とは、一人の浮浪者のことだ。彼は明の高校の向かいの公園にダンボールの豪邸を構えていた。それは公園と外を隔てるイチョウの木の植え込みの一角にある。だから校内からでも見ることが出来るのだ。明にとってこの浮浪者は寂しさを分け合う仲間だった。もちろん、これもまた一方的な思い込みなのだが。

しかし今日の心の友は一味違っている。犬を抱いているのだ。犬と体温を分け合う今の彼は、頬を赤らめ静かに目を閉じて眠っている。明よりずっと幸せそうだ。

彼は心の中で「あばよ」とつぶやいた。あばよ心の友。お前の幸せを妬んだりなんてしないぜ……。

「つめてっ」

ミカンの皮だ。彼は現実に引き戻された。顔にミカンの皮が命中したのだ。手に取って床に叩きつける。学校の廊下などで自分の世界に入ってたりすると、こんな災難が巡って来るというわけだ。

同級生の少年が明に一礼して機械的に詫びた。彼はスポーツ新聞を丸めて棒にしたものを手にしている。ふざけて野球でもしていたのだろう。皮をボールに新聞をバットにして。

さっきの皮がピストルの弾丸だったら俺は完全に死んでいた、と明は思った。迂闊にもぼんやりしていた。スキを見せてはいけない。学校は弱肉強食の世界なのだ。

「ラー、ラララー、ラ、ラ、ラ、マーイウェイー！」

明は英語版マイ・ウェイを歌った。敬愛する歌を歌って自分に活を入れたかったのだ。「ラララ」の部分は彼がリスニング出来なかった英語の部分。「マイ・ウェイ」以外全部だった。

三学期になって一週間が経つ。教室に入ると黒板にクラス全員の名前とその横に不規則な番号が書いてあった。どうやらこの昼休みの間に席替えがあったらしい。遅刻ばかりでろくに朝のホームルームに参加しない明は、どういう経過で席替えに至ったのか全く分からない。しかしあの黒板の感じからすると、番号の書いてあるクジでも引いて決めたのだろう。しかし明の名前は書いてない。明はクラス委員に当たってみることにした。

「アキ、ライブの券取ったぞ」

「ありがとぉージュンコ、いい仕事してますねぇ」

「いいってことよ、どうせこっちもワイドショー見ながらまったりモードで電話してたし」

「でも一時間ぐらいは電話し続けたでしょ?」

黒板の前でチケットの電話予約話に盛り上がる二人組に明が近付く。

来月、某人気アーティストの初ライブが予定されていた。そのグループの女性ヴォーカリストは、八丈島出身の普通の女子高生だった。万五千人の中からオーディションで選ばれた彼女は一気にカリスマ女子高生の座に上《のぼ》り詰《つ》めたのだ。

少女の一人は一時間程の奮闘の末、そのプラチナチケットを手に入れたらしく、興奮して喋りまくっていた。ジュンコというこの少女こそ、クラス委員その人だった。

「あのーすいません」

「ところでさあ、昨日の『健ロク』見た？」

二人の話題はテレビのある深夜番組に移っていた。

「俺の席どこですか」

「見た見た。あのミュージシャン、ムカつくよねー」

クラス委員は話を続けながら黒板を指さした。自分で捜せということらしい。

明は再び自分の名前を捜してみることにした。五十番と書いてある所の隣に記名がされていない。空白になっていた。自分は必然的にそこだということになる。

クラスの人数もちょうど五十人。このような場合、座席はどのようなフォーメーションを取るか。答えはこうだ。一列に七人で七列あればしっくり行くこのクラスにあと一人は余計だ。明の席は窓際の列の一番後ろ、一人飛び出たところに追いやられたのだ。

明は新しい席に鞄を置き、考えた。昔の席に教科書を入れっ放しにしていたのだが。

教科書の行方を推理してみる。今、俺の昔の席に座っているあの女、俺の教科書をどこへやったんだろう。

すぐに見当がついた。

明は教室のごみ箱を漁った。予想通り全教科の教科書がちょうど一人分捨ててある。彼はそこから社会科資料集だけを取り出した。勉強はしないので他の教科書は要らなかった。

席に戻ると明は一人ディスクマンを聴きながらその資料集を見た。写真さえ載っていればどんな本でも面白い。落書きも出来る。彼の資料集に載っているフランシスコ・ザビエルは禿のテカりに鼻血だらーりだ。これは彼の力作だった。

教室の中央に六、七人の男女が集まっている。明は資料集ごしにそれを見遣った。一人、座っているのは藤田純一だ。頭に新しい包帯を巻いている。また怪我をしたらしい。

藤田純一は休み時間に席を立ったことがない。皆が彼の所へ集まってくるからだ。それは人気者の象徴と言えるのかも知れない。しかし彼はたとえ人気者でなくとも、自分の席を立たないような感じがした。藤田純一はとにかくトロかった。休み時間になってオンナ達がトイレからやっと出て来てもまだ教科書をしまっている、そのぐらいトロかった。藤田純一が席を立って自分に話しかけてくるのを待っていたら、休み時間は消えるだろう。

それにしてもあそこまでしょっちゅう怪我をして来るのは、やはり彼がトロいからなのだろうか。藤田純一は怪我の理由を絶対に言おうとしない。いつもニヤけてごまかすのだ。彼のこのはっきりしない態度のせいで、明はとんだとばっちりを受けた。彼の怪我は明が作ったことになっていた。藤田純一がそれでも相変わらずニヤけて、ちゃんと否定してくれなかったことが噂に拍車を掛けたのだろう。クラスの連中も明のせいになることを心のどこかで期待していたのかも知れない。

というのもクラス内での明の印象は最悪だったからだ。彼は第一印象が大事な四月十日から十七日にかけてのシーズンに、クラスメートに媚を売ることを怠ったのだ。自分が他人より少しだけ背が高く、目付きも悪いことを忘れていた。

とにかく、明が藤田純一を「ヤッた」というのは根拠のない言いがかりだ。怪我の謎は未解決のままだった。

クラスメートの一人が藤田純一のために購買部のパンを買って持って来た。よくよく考えるとかなり不自然なこの行動には二つの理由がある。第一に、彼は決して弁当を食べない。箸が使えないのだ。これは修学旅行で精進料理を食べなければならない時に判明した。そのため彼の昼食は必ずパンかおにぎりなのだ。購買部の人気メニューであるカレーライスとスパゲティーを敢えて買おうとしないところを見ると、もしかしたらスプーンとフォークも使えないのかも知れない。

ところで彼はそのパンやおにぎりが自分で買えない。これが第二の理由だった。昼に購買部を利用する者は、朝のうちに予約し、食券をもらう。昼になったらその食券と引き換える。これは購買部の昼の混雑を避けるためだ。藤田純一はただそれだけのノウハウがいつまで経っても覚えられなかった。だからクラスメートが彼のランチの世話をするのだ。

もし、クラスメートが彼のランチの世話をしなかったら、どうなっていたのだろう、と明は想像することがある。あいつのことだ。何も食べないでへらへらしているのかも知れない。そして体育の時間、突然ぶっ倒れたりするのかも知れない。しかしそんなことはあり得ない。彼は人気者なのだ。自然の摂理は実によく出来ている。だからこそ、明には彼が怪我をすることがすごく不自然なことに思えた。彼には何か特別な印でもあって、守られているような気がしていたからだ。

あいつは普通の奴に出来ることが色々出来ない代わりに守られていると思ったのに。

「うおおっー」

明は吠えた。そして机に額をぶつけた。混乱して訳が分からなくなったのだ。ひどく難しいことを考えてしまったような気がした。たまたま箸の使えない奴が人気者で、その人気者がたまたま怪我をしたからといってそれがどうしたというのだ。


「おい、純一」

明が友を揺り動かす。すると相手は跳び起き、ベッドに立ち上がると、大声を張り上げた。

「ああパパ。ワタシ、隠れ家生活でも幸せよ。私もだよアンネ」

「お前、なんで自分の家で寝ないの？」

「寝てるのではないぞ明。アンネは兵隊から隠れているのだ」

「あーそう。わかったわかった」

明は適当に相槌を打ち、そしてトイレへ行くことにした。暴走していて手が付けられない人間は無視するに限る。純一のとんちんかんな寝言は今日に始まったことではないことを明はよく知っている。というのも実をいうと明と純一は幼じみだからだ。ただ、学校ではあまり話をしない。いつのまにかそうなった。

「プレゼントの中身は何かしら？　まあ、日記帳。ワタシ、ウレシー」

トイレから戻って来てもまだ純一は一人芝居をやっていた。しかし純一がこの家を隠れ家と見立てたのは、まんざらでたらめとも言い難いかも知れない。純一は確かに人気者だ。席だって教室のど真ん中だ。しかしお陰で彼は常に人目に晒されている。教師もクラスメートもいつも彼にちょっかいを出している。傍で見ている明の方が鬱陶しくなるぐらいだった。ただ、純一本人が鬱陶しいと言った訳ではないので、本当のところは分からないのだが。

いずれにせよ、普通の奴なら理由もなくこんなに汚い部屋へ足繁く通わない、と明は思う。彼の部屋はとにかく散らかっている。雑誌の量が多いのだ。捨て忘れてしまうのだろう。小学生時代に読んでいたコロコロコミックまでもがすぐ手の届く場所に放置してあり、現役の趣を依然として宿している。食べ物のごみも多い。カビの生えたアンパンや腐ってしまったバナナの皮など、面倒見の良い母親でも決して触れたくない恐怖の生ごみが存在していた。

「ビビッたよ。お前がいるって知らなかったからさあ」

明はパジャマに着替えながらそう言った。別に今から寝るというわけではない。部屋着というものを持っていないのだ。

「家に帰ってみたら鍵が開いてるだろ。でも誰もいる気配がないしさあ。そうしたらお前が俺のベッドで寝てて、で、お前は熟睡しててビクリともしねえし、なんかいつもお前って顔色悪いだろ。だから……」

「だから？」

「だから一瞬、お前のこと死んでるんだと思った」

「うわ、超だっせー。馬鹿の丸出し」

純一は笑った。

「ハハハ……馬鹿だよな」

明も笑う。馬鹿と言われて実は嬉しかったのだ。会話が滞りなく進行している
うちは、馬鹿も誉め言葉だ。余計に馬鹿と言われてしまいそうだが。

「ハハめちゃウケ！」

そう言って明はベッドの上で笑い転げた。

「ウケるだろ？　ハハハ……ウケまろだぜ」

「ウケまろ？」

ウケまろって何だ？

二人は考えた。

「平安時代の貴族か何かだろ」

「そうだったな」

明が決着をつけた。

「ところでお前、どうやって俺ん家に入ったの？」

「ポストの中に入ってた」

純一は明の家の合鍵を見せた。家の郵便ポストといえば合鍵の隠し場所の定番だ。

「お前なあ、そこに鍵を隠すウチの親も問題だけどなあ、それって不法侵入じゃねえか」

純一は明の言葉を適当に聞き流していた。

しかしこれはお互い様だ。二人共、人の話をあまり聞かないところがあった。

しかしそんなこと大した問題ではない、と明は思っている。確かに二人はいい感じだった。ケンカだって一度もしたことがない。しかし、もし、純一がウケまろについて分かるまでずっと考え続けるような性格だったら、二人の関係は違っていたかも知れない。純一は明に嘘やはったりがあってもあまり疑問を持たない。明にとってそれは好都合だった。

「あー俺は腹が減ったぞ」

純一は枕もとに放置されているフランスパンをちぎって食べた。

「お前なあ、食べこぼしが激し過ぎるんだよ。お前の机の上を掃除したら、雑巾がマヨネーズだらけになったよ」

明もベッドに上がり、純一の落としたパンくずを食べた。

「そうじ?」

「学校の掃除当番。お前もしかしてサボってる?」

「失敬な。やって貰っているだけなのさっ」

「それサボってるんだよ。お前は得な性格だよなあ。何でも許されて」

この日、明は高校二年になって初めての掃除をした。口うるさい女掃除当番長に今日こそは残って掃除するように、と捕まってしまったのだ。他の班員に示しがつかないのだ、と彼女は言った。

しかし、いざ明が残ってみると、班員は誰一人いなかった。彼は騙されたのだ。

五十人分の机を一人で拭くことの屈辱。

あの時、騙されたと分かった時、どうして帰ってしまわなかったのだろうか。

不思議と彼の心の中に奇妙な情熱のようなものが生まれ、むきになって掃除をこなしたのだった。

嫌なことを思い出すと、あっという間に明日に捕まってしまう。だから忘れなければいけない。

「ま、俺が作った歌でも聴けよ」

「おう」

明の突飛な提案にもかかわらず、純一は承知した。

明は壁に立て掛けてあるギターを取って弾き語りを始めた。

「俺様のなまえはーアキラ！　熱いハートが燃えてるぜー、ああこの思い俺に伝えたい……」

ぽろん、と爪弾いたギターの音色がいかにもお粗末に響く。明はCのコードしか弾けなかった。ギターは歌とはまるで関係ないところでただ不協和音を生産している。はた迷惑なアキラソングは百歩譲っても時代遅れのアヴァンギャルドとしか誉めようがなかった。

純一は音楽が分からない。明がどんなに不愉快な音を奏でようと、ただ黙って聞いているだけだ。だから明には甘えがある。純一なら自分の不愉快な部分も許してくれるだろうという甘えだ。

ただ……。

「あーつまんねえ」

明はギターを放り投げた。

「俺さ、本当は『禁じられた遊び』が弾けるようになりたいんだよ。この調子じゃ弾けるようになるのは百万年後ぐらいかもな」

　純一はきょとんとした顔をして明を見ている。彼はこんな時に明を慰める程、気の利いた人間ではない。明もそれを期待している訳ではなかった。しかしこんな時、明は自分が純一にけなされるところを想像してみるのだった。この想像が意外にも彼を慰めた。

　ばっかじゃねえのお前。Cのコードしか弾けねえでやんの。それで「禁じられた遊び」弾こうと思ってるわけ？　何百万光年かかると思ってんの？　お前って何か勘違い野郎なんだよな。「マイ・ウェイ」？　だっせー。カラオケで歌って欲しくない歌ナンバーワンだぜ。だから友達できないんだよ。みんなお前が嫌だから席を隅に追いやったり、教科書捨てたりするんだよ。いい加減気付けよ。

　コンナ体ハヤク棄テテシマエ！

「純一、俺、本当は……」

　ふと純一を見てみると、全く人の話を聞いていない。彼はベッドと壁の間の隙間に落ちていたソプラノリコーダーを拾って「ドナドナ」を吹いていた。

やっぱり、と明は思った。ここぞという真剣な話をしている時に純一は決まってそれを聞いていないのだ。

「ドナドナ」の切ないムードが充満している。人の話を聞く耳を持たない、煮え切らない態度の親友を持った寂しい男の心に染みてきた。切なすぎる。

「よせよ、ドナドナなんて……」

だから男は笑う。自分なりにかっこよくニヒルに。現実と理想のギャップなど忘れて。大いに勘違いして。

「いつ聴いても悲しい曲だぜ……」

純一は大切な話をするといつもごまかす。明自身、それで得をしていることもあり、流される。明はいつもはぐらかされている。純一と自分自身に。

「キャイーン!」

突然、純一はリコーダーを放り投げたかと思うと、絶叫した。

「のおおっ、びっくりした。なんだよいきなり」

「ワンワンワン、負け犬ジョンを助けて」
純一は自分の腕時計に向かって喋った。
「はいこちら999Z。キミのアクセスにスーパー感謝ー」
どんなに恥ずかしくても、恰好が悪くても、ついのってしまう。明は自分のサービス精神がたまに情けなくなる。明もまた、自分の腕時計で応答した。しかしこういう時の純一は不可抗力だった。もし明が調子を合わせなければ、純一はずっと負け犬ジョンを演じ続けるだろう。
そして大合唱が始まる。題して「999Zのテーマ」。
「時はドンドンハルマゲドーン
だからこの世はファイナルさー
最後の数字は？　もちろん9だぜ
最後のローマ字！　そいつはZだ
最後の力を身につけた、その名も999Z」

これは二人が幼い頃にやっていた典型的な正義の味方ごっこだった。人間に殺されそうになるジョンという犬を９９９Ｚというロボットが助けるのだ。ジョンに「負け犬」と付けるのは、そういう犬の種類があるのだと幼い二人が勘違いしていたからだ。

「俺はジョン。お前は９９９Ｚ。な？」

純一は言った。

負け犬ジョンと正義の味方９９９Ｚ。繰り返されたこのロマンの配役は決して動かなかった。純一が負け犬の座を譲ろうとしなかったからだ。

「ワンワン。ジョンを人間から隠してください」

純一が腕時計に向かってそう唱えた。

時々、明は純一が本気でそれを望んでいるのではないかと思う時がある。自分は何かを期待されているのではないかと。

「ジョン、頭の怪我はどうした？」

おもむろに明が尋ねる。腕時計にではなく、純一自身にだった。

「怪我？　この頭の怪我のことか？　うーむ」

純一は腕を組み、考えているような恰好をした。

「忘れた」

ぷっと噴き出しながら言った。

「忘れた、じゃ済まされないだろ。頭に包帯までしておいて。思い出せよ」

「パパ、アンネは充分幸せよ」

「話を逸らすなよ。大事なことなんだよ」

「兵隊さんがやっつけに来る。キャーワタシ怖いわ」

純一はまだ明の家の合鍵を握っている。鍵は冷たそうだった。

「誰かにやられたんだな。誰なんだ？」

「よく知らないヤツでーす」

純一は腕時計に向かって言った。明はいい加減、彼の態度に腹が立ってきた。

「おい純一、吐けよ。でないとそのよく知らないヤツ以上にお前を殴るぞ」

明は腕時計を見ている純一を自分の方へ向かせた。もしかして純一は本当に見覚えのない人間にヤラれたのかも知れない。しかし今の明にとってそんな理屈は関係のない事だった。純一が自分に隠し事をしている、という怒りを彼にぶつけるしかなかったのだ。

唐突に純一が言った。

「なあ明。俺達はぞなんやか連タイだろ?」

ぞなんやか連帯？　友達だってことだろうか。

「こそイ然」

純一を冷たくあしらう明。イ然としてキ然とした態度。

「白紙に戻そう?」

明を宥《なだ》める純一。彼の不機嫌を白紙に戻そうという魂胆だ。

「拳闘志!」

純一にパンチをお見舞いする。パンチされた純一は笑い転げた。

二人共、遣唐使というものが何であったのかはすっかり忘れていた。しかし、「ハクシに戻そう」という言葉のあとにそれが続くことだけはしっかり覚えていたのだ。これは二人がまだ小学生だった頃、反射的に答えられるように繰り返しエクササイズしたからだった。

習慣は内容と形式を分離させる力を持っている。言葉だけではない。人間についてもだ。純一についている印。クラスメート達はそれを無意識に感じ取って彼を大事にする。その印の正体を知らずに。人間はその習慣を神話という形でよく知っている。

藤田純一には人から大事にされる印がついている。だから彼に怪我をさせられる存在は、その印を超越しているということになる。印を超越している存在、それは人間に印を与えた張本人に他ならない。

明と純一が住んでいる町の駅前には、大学芋屋がある。店を経営しているのは一人の女性だった。純一が明の部屋を訪れたその日も、彼女は自分のルーティーンを消化しつつあった。

彼女はその逞しい腕で汗を拭いた。いくら冬とは言え、狭い店の中に焼き芋窯と二人きりで座っていてはさすがに暑い。太っている彼女ならなおさらだった。

「八時になりました。皆さんごきげんよう。『聖書を読む』のお時間になりました」

ラジオから落ちつき過ぎて人間離れしている女性アナウンサーの声がする。女は時計を見た。

「今日の福音はマルコによる福音書、第七章の第二十四節から……」

むくんだ顔にほくほくとした笑みを浮かべ、男が杖をついてやってきた。女は読んでいた新聞紙を空気と一緒に折り畳み、立ち上がった。

「おばちゃん、きぬかつぎ四百グラム。それと芋ようかん三人分を頂戴」

男は一方的に話し始めた。

「今日はおめでたい日なんだよ。いや、うちの息子、ジョーって言うんだけどね、いきなり帰って来やがった。家出してたんだよ」

会う予定のない人間の名前を教えること程野暮なことはない。「うちの息子」が「ジョー」であると言わなければ気が済まない。彼もそんな人種の一人だった。息子も自分のことについてまさか大学芋屋が情報を握っているとは思うまい。

「弟のトオルも大喜びよ」

女は黙々と紙にきぬかつぎと芋ようかんを包んでいた。ラジオでは聖書の朗読が始まった。

女がきぬかつぎと芋ようかんで合わせて九百五十円だと伝える。男は話を続けながら、もたもたと財布から紙幣を取り出そうとしつつあった。

女はふと店の前の路地へと目をやった。若者がよたよたと歩き電信柱の下に座り込んだ。小学生の二人組が彼を追い掛け、空気銃を乱射している。

「それでよ、ジョーのやつ……」

若者は空気銃を何発も体に受けている。しかし立ち上がろうとはしなかった。

神父様。イエス様ガオッシャッタコノミ言葉デスガ、ドノヨウニ解釈スレバ良イノデショウ。

ソウデスネ。マタイニヨル福音書ニモ同ジ物語ガ書カレテイマス。コレヲ並行箇所ト言ウノデスガ……。

「おい、おばちゃん。千円札だぜ。おつりくれよ」

女はじろりと男の顔を見る。しかし黙ったままだ。そして彼女はそのままエプロンをはずし、ゆっくりと電信柱の方へ近付いて行ってしまった。

「堕落犬ジョンよ。生まれ変わりを信じるか?」

「ワンワン、信じます。ザリガニになりたいです」

「それでは聖なる儀式を行おう。これで現世の罪を償え」

小学生の一人が空気銃を差し出す。

純一がそれを手に取り、銃口をくわえた瞬間、小学生の後ろに黒く分厚い影が出来た。

「少年達、済まないが私にその犬を譲ってくれないか」

そう言うと女はグローブのようなその手で小学生の一人の頭をすっぽりと包んで、鷲掴みにした。彼女のこの態度に侮辱を感じた彼はむすっとして彼女を睨んだ。

「少年達、済まないが私にその犬を譲ってくれないか」

彼女は繰り返した。賢明な小学生二人は、彼女の手の重みと壊れたロボットのように繰り返されるこの口調からただならぬ雰囲気を感じ取った。

「少年達、済まな……」

彼女が言い終わる前に、彼の相方が彼女の顔面に二、三回発砲すると、二人で走り去った。

彼女は打たれた顔面を掻いた。純一はそれを見ると、しゃがんで電信柱にもたれたままいかにも軽率にエキセントリックな声を上げて笑った。

「むっかしーむっかしーウラシマンはー地球の平和を守るためー」

「久し振りだな、狂犬」

女は純一をじろりと見下ろした。

「チビッコ様達な、塾の帰りだったの。すっごいお金持ちでね、お散歩してたら、いちご牛乳おごってやるからついて来いって言われたの」

純一は口を結んだまま、まるでしゃっくりのようにビクリと痙攣した。

「そいで一緒に遊んで貰ったんだ。俺な、マジでザリガニさんになりたいと思ってんの。いいね、憧れるね、つつましい小さな幸せ。こつこつ働いてチョッキーン！」

純一は指でピストルの形を作るとそれを自分の口に向け、自分でピストルの効果音を入れた。

「パンッ」

女は咄嗟に純一の髪を摑むと力いっぱいに顎の右側を殴りつけた。

「なにキレてんだよシズコ」

衝撃で電信柱にぶつかった純一は、額を押さえながらそれでもへらへらと笑っている。

「まだ狂犬になってはいけない。時期が早過ぎる」

「はん。説教なんて意味がナッシング！　オレ今すっご……ワン！　怒られたい気分なのね。するなってことがどうしてもしたくなるのだなあ、と詠嘆したいね」

純一が再びしゃっくりを我慢するようにして口を結び、痙攣すると今度は大袈裟に胸が上がった。彼は震え、堪え切れずに笑い出した。

「グルルルル……ワン！」

純一は発作を抑えることが出来ない。彼は狂犬病にかかっていたからだ。本来、狂犬は保健所へ連れて行かれて、殺されるものだ。しかし彼のように保健所へ連れて行ってもらえぬまま、生殺し状態の狂犬もいるのだった。

「ふふ。最近オレ箸が持てなかったりするんだよね。病気は良くならない。時期尚早？　ノープロブレム。ヒトの部分の機能なんてほとんど覚えてないのさあ、ワオーンっ！」

女は純一の襟首を摑んだ。

「お前は不完全だと何度も言っている。保健所へ連れて行くに値しないとな」

「約束が違うじゃねえかよ、本当は俺を保健所に連れて行く気なんてないんだろ」

会いたいと思っていたのです。あなたに焦がれていたのです。ガーベラの花弁で可能性を占ったりして。

あなたの名前は狂犬キラー、ミス・シズコ！

「頼むから早く連れて行ってくれよ。正直、辛いんだよ毎日」

「狂犬の分際で私のもくろみに口を挟むな！」

女は吐き捨てるようにして純一の襟首を突き放した。

純一は彼女を挑発した。

「カマン！　シズコ、オレのか弱さを堪能したまへよ」

「医者の仕事。それは病を撃退することだ」

彼女は純一の後頭部に手をひっかけると片方の手で彼の手を強く引いた。

「あはは……」

前かがみになった純一が笑った瞬間、彼の鳩尾《みぞおち》に女の膝が捩じ込まれる。苦しむ純一がさらに前傾になった所に今度は膝が彼の首筋を強打した。

「お前のそういう馬鹿にした態度、私は嫌いだね」

女は両手で純一の首を摑んだ。

「キャイーン、なんちゃって」

左右に体を崩された純一はよろけて跪《ひざまず》いた。

彼女が純一の腹を蹴ると、純一のしのび笑いが伝わってきた。女は蹴り続けた。

神父様、オ話ドウモアリガトウゴザイマシタ。マタ来週ノ「聖書ヲ読ム」ノオ時間マデ、ゴキゲンヨウ。

ソレデハ皆様、父ト子ト聖霊ノ御名ニヨッテ……。

「アーメン。降参だよシズコ。でもシズコに言っておかないといけないことがあったんだ。思い出したよ」

既に女の長靴の下にある顔がそう言った。

「こんなオレでも友達がいるんだよ。一人だけだけどな。そいつがお前に会いたいって。オレの代わりに怪我してくれるんだと」

純一は遠くの地面を見ていた。女子高生の丈夫そうな太股が目に映る。彼女の足元にポトリと煙草が落ち、ローファーがそれを踏み付けた。純一は妙にそれがおかしくて、くすりと笑った。

「でもオレ、代わりなんて必要ないって思うんだ。だってシズコのケリ、最近痛くないと思わねえ?」

「痛みに慣れてしまった状態。つまり中毒なのだ」

女は純一の体を起こし、電信柱にもたれた状態で座らせた。

純一ののびた足に通りすがりの女性がつまずいた。

やだ、あたしコケちゃった。

だっせー。ぼうっとしてるからだよ。

「オレ、病気なんだよな?」

そうつぶやいて煙草をくわえ、ジッポを取り出す。火を付けようとするがうまく出来ない。

「タバコやめた。やっぱ禁煙だよな今の時代……」

彼はしばらく手の中のジッポを眺め、またポケットにしまった。

「お前は病気なのだ」

女が懐からマッチを取り出し、火を付けて差し出した。

純一はその突然の火に驚いた。それは確かに彼が心の最も深い部分で望んでいたものだった。しかしその望みはあまりに深く潜んでいたので、純一本人にすら気付かれないままだったのだ。その望みを意外にも他人に差し出されて、彼は息を呑まざるを得なかった。なにしろその火によって、心臓の奥深くを掴まれてしまったのだから。

やがて煙草に火が点った。その火はちっぽけで、いかにも情けないものだった。

純一は言った。

「病気だって誰かに言われると泣きそうになるのな。安心して、破けた皮から何かがドクドク溢れてくんの。プチトマトみたいになってんだぜ、そうだろ?」

「そうだろうな」

「嘘ついてると思ってるだろ。ただ悲しいだけだと思ってるだろ」

「そんなことはない」

女は真剣にそう言った。

「オレの言ったこと信じるか？」

「もちろんだ」

純一はひどく心を打たれ、黙り込んだ。

「狂犬よ、約束は守る。いつか必ずお前の保健所入りを許可する。だからお前も完全な狂犬になれ。狂犬を完結させるのだ」

シズコが去った後も、純一はしばらく電信柱にもたれて座っていた。

「オ兄サン、オ兄サン」

目の充血した、浅黒い外国人の男が純一のそばへやってきた。

「偽造テレカ買ワナイ?」

「俺様のなまえはーアキラ！　熱いハートが燃えてるぜー、ああこの思い俺に伝えたい……」

純一は歌った。

「オ兄サン……」

「明、グッバイ!」

負け犬ジョンはいつか保健所へ行きます。その時お別れです。

オ兄サン偽造テレカ買ワナイ?


乾いた地面を砂塵が舞う。生徒達は体育着を装備して校庭に出揃った。誰もが廃墟に取り残された神々のように凝固してそこに立っていた。

砂塵に目をこすりながら、互いに笑みを交わし合う。そうしていないと発狂しそうになるのだ。この場にいることがとても辛い。しかし誰もこの鬱陶しい砂塵について触れようとしなかった。

これは神経症的な制約だ。この鬱陶しさについて決して語ってはいけないという、妄想だ。そして会話の選択肢は自然と狭められる。

「ねえアキ。昨日の『健ロク』どうだった？　昨日私寝ちゃってさー見てないんだよね」

「残念だったねえジュンコ。昨日はすごかったよ。なんてったってディベートでしたから」

他人様に自分の話なんてしてやる気はさらさらない。だから差し障りのないテレビの話などをしてお茶を濁す。

ちなみにこの『健ロク』とは、『健康優良ロック児』の略だ。これは深夜番組で、毎週三十代、四十代のミュージシャンがゲストに登場する。彼らのねらいは若者の腐った根性をロックでたたき直すことだ。若者を交えて、演奏や、ディベートなど、色々なことをする。子供による人殺しの事件が多いので、こういう番組が出て来るのも無理もない。しかしねらいは大きくはずれた。

「『ロック魂チーム』っていうのと『女子高生チーム』に分かれて口げんかするの。あの人達、自分は普通のオジサンと違うっていう意識あるから、スッゲータチ悪くってさあ」

「わかるそれ、かわいくないんだよねー」

「でさ、その時ミュージシャンの一人がさ、あの頭の弱そうな女子高生の歌手はキミ達にとってどんな存在なの？　とか言っててなんかウザいんだよねえ」

　番組内で、あるミュージシャンが八丈島の少女の音楽を酷評したのだ。ロック魂世代にとっては、彼女の音楽は「カッコが悪い」のだそうだ。女の子達は呆れて黙り込んだ。しかし敵は「勝った」という顔をした。若者に「カッコが悪い」はさぞ堪《こた》えただろうと思ったからだ。しかし女の子達も、彼女の音楽が「カッコが悪い」ことなどとっくに知っていたのだ。ただ、余計なお世話だと思っていた。

　しばらくミュージシャンの悪口を言った後、二人は黙った。本当は眠くて、話などしたくなかったのだ。寝ても寝ても寝足りない。そのうち遊ぶ暇なんてなくなるだろう。

「あーかったるい」

そう言った後、明は遠慮なくげっぷをした。このガスの原料は昼休みに食べた弁当だ。一人でいれば堂々とげっぷも出来る。気楽なものだ。

彼は一人、フェンスに寄り掛かって座っていた。遠くにクラスメートの一団が校庭の中心にかたまっている。休み時間に立ってるなんて、あいつら頭おかしいんじゃねえの。明は思った。とは言うものの、校庭には社会科資料集もディスクマンも持って行くわけにはいかない。次の時間に体育の授業を控えている時にはこんな調子で手持ちぶさたになってしまうのだった。

一人の女子生徒が明の目に留まる。彼女は鉢巻きの上にかぶさった前髪を手で整えていた。

「ワタシ、ウクレレの妖精。いつも楽器の中に入っていて、演奏する人の指に噛みつくの」

女のような高い声で言ってみる。

次に太った男子生徒が明の目に留まった。彼はそのクラス一の巨乳を友人に揉まれてふざけていた。

「オレ、妖怪エレクトロンっす。奥歯で銀紙を噛み締めると出て来るっす。ごっつあんです」

太った人独特のハスキー声を真似てみる。

そして、

「俺、藤田純一」

明は自分の声でそう言った。

「すごく小さいんだ、オレって」

背の高い少年が缶の箱を持って、腕を高く上げている。純一はそれを取ろうとしてぴょんぴょんジャンプしていた。箱の中にはクラス人数分のカードが入っている。このカードはこれからやるマラソンのタイムを記録する用紙なのだ。係の者がそれを預かり、授業の時には配布する。純一は運動神経の悪い体育委員だった。

純一はジャンプするが箱には届かない。相手は余裕を見せて片手で純一の頭をポン、と叩いた。純一の頭に包帯はない。

純一が明の家を訪れたあの日以来、彼は一週間程学校を休んだ。今では痣《あざ》一つない彼だが、帰りにまた怪我をさせられたのかも知れない。そう思うと明はいらだった。

明はふとチビという犬のことを思い出した。チビは何も出来ないアホな犬だった。しかし明にとっては大事な友達だった。

でもチビはもういないんだよな、明は心の中で呟いた。

純一を見ていると、チビのことを思い出す。明は怖い夢を見るといつもチビに話していた。チビが死ぬと今度は純一にそれを話した。純一が死んだ時は、明は誰にそれを話したらよいのだろうか。

「冗談じゃねえよ、俺が可哀想過ぎるぜ……」

今度は口に出して呟いた。

チビがアホなのは明のせいだった。彼はそれを忘れている。しかし愚か者は自分の身を守れない。三匹の子豚の教訓はそう言っている。これは明にとって都合の悪い戒めだ。

缶の箱は次々と違う者の手を渡り歩いた。純一は相変わらず翻弄されている。クラスメートにとって、純一はかなり出来のいいおもちゃだった。彼は夢中になって獲物を追い回している。まるで蝶を追いかける動物のようだ。普通の人間だったらこうはいかない。確かに、クラスに一人は必ずからかわれ役をあてがわれる者がいる。しかし大抵の場合、そこには社交辞令的な気遣いが見え隠れするものだ。彼らが提供しているのは笑いではない。自身の寛大さだ。彼らはボケを売って尊敬を得る。つまりビジネスだ。しかし純一はそんな下心を微塵も感じさせない。正真正銘のボランティアのようだ。もし、下心が本当はあるのだとしたら逆に大したものだ、と明は思う。純一はハイレベルの偽善者ということになる。ここまで完璧にそれを隠し通せているのだから。

特に最近の純一は元気で明るいので受けがいい。明が見ている限りはそう思う。このごろうちに来なくなったと思ったら、別の所で遊んでいるらしい。今まで純一はどんな誘いでも「眠いから」と言って断って、放課後は明の家のウォーターベッドへ直行していたのだ。純一の武勇伝を明は風の噂で聞いた。出掛けた時一銭も持っていなくて、ポケットには定期しか入っていなかったとか。純一はアルバイトもしていないし、親から小遣いも貰っていないのだ。明は昔から知っていた。

負け犬ジョンである純一が、人間から隠れたがっている、という明の憶測は勘違いだったのかも知れない。

純一の遊び相手の一人がパス回しを誤り、入れ物を落とした。蓋が外れ、中のカードが地面に散らばる。それでも純一はまだ見えない何ものかに弄ばれているかのようにスキップをして、辺りをぐるぐると回っている。赤い靴をはかされているみたいだった。純一の靴の下にはクラスメート達のカードがある。気難しいカード達に純一の無数の足跡が付いた。

純一の周りを取り巻く者達、そして傍観していた明は、ある一つのおぞましい事実に気が付いた。純一は最初から誰とも遊んではいない。一人で遊んでいたのだ。

純一は息を荒立てて跳びはねていた。本人も苦しそうだ。踊っているのか、踊らされているのか分からない。しかし彼は相変わらず一人自分の世界に入って、この気違いじみた遊戯に熱中していた。

もちろん純一に向かって、「カード踏んでるよ」などという者は一人もいない。顔を見合わせ、首をかしげて、しらけた笑みを浮かべた。「あいつ、ちょっとおかしいよな」と言いたいわけだ。とにかくこの場に立ち会っていること自体、馬鹿馬鹿しいと思った。プライドを傷付けられて腹が立っていたし、散らばったカードを片付けるのも嫌だった。元々、彼らの方が純一をからかっていたのだが、彼らはもうすっかり被害者の気分になっていた。

しかし、純一の愉悦があまり無邪気なものに見えないのは確かだった。彼の喜びの表情は、犯罪が成功したばかりの人間のそれに似ていた。そこには緊張と嘲笑の入り混じった興奮のようなものがあった。

明は純一から悪意を感じた。しかしそれと同時にこんなに嬉しそうな彼を見たことないとも思った。

純一が恍惚として天を見る。彼の上には一見、穏やかな空が広がっている。そこにあるのは、ルネ・マグリットの作品のような常套的な見せ掛けの世界だった。それは空と雲ではなく、「抜けるような青空」と「綿菓子のような雲」に過ぎなかった。

冷たい空気が純一の体を切り刻んでいる。しかし彼にはそれが苦ではないようだ。むしろ傷口から滲む血液に似た、わずかなぬくもりに感謝しているようにさえ見える。

　純一は言った。

「やや、あったかいぞ。これは大発見。ぽっかぽか舞踊と名付けよう」

「それだけ動けば誰だってあったかくなるよ」

　純一の足元の声がそう言った。

　クラスメート達は純一から遠く離れた場所で、今度は円陣バレーをして遊んでいる。

「ぽっかぽか舞踊は終了。とにかくその足をどけろよ。カード踏んでるぞ」

　明は純一の足を持ち上げ、最後の一枚のカードを拾い終えた。純一はきょとんとしてその様子を見下ろしていた。

「あのさ、純一。俺まだこのカード作ってないから作ってくれない？」

　明は純一にまだ名前もタイムも記入されていない白紙のカードを手渡した。

「……」

純一がカードとボールペンを持ったまま一時停止している。書き方が分からないようなところでもあるのだろうか。

「どうした、どこか書けないようなところでもあるのか」

明は覗き込んでぎょっとした。純一の手は明の名前を記す欄の所で止まっていたのだ。

これが純一の「赤い靴」の正体だった。彼は次々と大事な事を忘れていく。本人もそれを自覚していた。しかし狂犬病の悪化、それは念願の保健所入りを意味していたのだ。

「おい……しっかりしてくれよ」

ボールペンの握られた純一の手。その手首は腕時計をしている。それは八時のところで止まっていた。ジョンと999Zの連絡を取り合うマシーンが壊れているのだ。いやな感じだった。

お前、今日となりに引っ越して来た奴か。ま、俺が友達になってやるから安心しろよ。

妻城明っていうんだ。よろしくな。

純一と明の頭上付近にヘリコプターがパタパタと音をたてて近付いて来ている。パタパタパタパタ……それはとてもうるさい。俺の名前、俺の名前はつま……パタパタ……名前はつまぎパタパタ……あ……パタパタパタッ……あきパタパタパタパタパタパタパタパタパタッよろしくな俺が友達になってやるよ。パタパタ……友……パタパタパタ……くれよパタパタ……チビ……サヨナパタパタパタパタ……

明が自分の名前を告げながら、名前を記入する欄を指さす。しかし彼の声はヘリコプターの音に掻き消されて純一の耳には届かない。明は純一からボールペンをもぎ取った。

無数の雑音が介入するラジオ。チューナーを合わせると微かに子守歌が聞こえる。それだけが本当の音楽。

ヘリコプターは二人の遥か遠くへ行ってしまった。

「おおー、超おっかねえ」

そう言うと、純一はびっくりしたように彼を見た。

「しょうがねえだろ。ほら、これが俺の名前」

明は「氏名」欄を指さした。

そして言った。

「妻城明って言うんだ。よろしくな」

空の西端の低い所に不気味なぐらいに巨大な太陽があった。太陽はすぐ近くにあるいびつな雲を照らしている。雲は太陽光線の呪いで紫色に変わっていた。

明は呟いた。

「俺だってお前がおっかないよ」

その時、明は既にある方向に向かって歩み出していた。どこへかというと、保健室だった。

校庭に取り残された純一は今頃大いなる謎に直面しているだろう。妻城明のカードには何故か今日の日付の横にこれからするはずのマラソンのタイムがもう書いてあるのだから。

「走ってられるかよ、こんな時に」

それではいつ走れるのか、と問われても明には答えられなかったはずだ。要するにさぼりたいのだ。

「千メートル七十秒は無理があったか?」

明は保健室のドアをノックした。記名のどさくさに紛れて書き込んだ、でためのタイムの信憑性が気掛かりだったが。


保健室のベッドの中で明は熟睡した。ものすごく疲れていたようだ。体中の力が抜けて、まるでベッドに吸い込まれるようだった。

五、六時間目が終了する頃、彼はごく自然に目を覚ました。深い満足感があった。口の中にはねっとりとした唾液が残っている。それが、睡眠の心地よさに「ごちそうさま」を言っていた。

「あら、やっと起きたのね」

デスクにかじりついていた養護教諭が振り返った。終了のチャイムとほぼ同時だ。悪気はないのだろうが、言い方が無愛想でつっけんどんだ。明が保健室に居座っていたことで迷惑しているような言い草だった。

デスクの上にはノート型パソコンがある。明は目を凝らしてウィンドウを覗いた。オセロゲームになっている。白分だってゲームに夢中になって、生徒の存在なんて忘れていたくせに、と明は思った。

とは言うものの、明も授業をサボった身だ。生真面目な教諭だったら、熱もない生徒を二時間も寝かせて置いてはくれないだろう。ある意味、明は彼女の怠慢に恩恵を被ったのだ。ここは一つ角を揃えて毛布でも畳み、恩を返すことにした。

明は今さっき見た夢を思い出した。その中で明と純一は一緒に夏休みのある一日を海で過ごしていた。実際のところ、二人で一緒に海へ行ったことなど一度もない。ただその夢は、何の悩みもなく二人楽しく過ごした幼い頃の印象を忠実に再現していた。

そんな当たり前だと思っていた時が、今となっては永遠に失われてしまったように思えて来る。今の純一は明の名前すら忘れてしまう程なのだ。恐ろしさで心臓がひんやりする。思い出と共に、純一も遠くへ行ってしまったようだ。

「妻城君」

「あ?」

考え事に雑音が介入する。明は今、とても忙しいというのに。

「あなた、ここでお菓子食べていかない?」

意外な発言が飛び出して来た。先程の感じの悪さからすると、明は即刻、保健室から追い出される筈だった。

この人はいい人なのかも知れない、と明は思った。お菓子をくれる人がいい人でないのなら、一体誰がいい人だというのだろう。

しかし、

「もう帰らないといけないんで。すいません」

面倒だ。かりそめにも彼女は学校という組織に属している人間だ。絶対にかかわりたくない。

しかし敵は食い下がる。

「あなた今、教室に戻ったらお友達と行き違いになるんじゃない？」

明は彼女の言っていることの意味が理解出来ず、「え？」という顔をした。

「お友達が、あなたの鞄と着替えをこっちへ持って来るでしょう？」

明にとってこの言葉はグサッと来るものがあった。確かにお友達はそうしてくれるでしょう。優しいですものね。親切ですものね。しかしそれはクラスに友達が一人でもいたらの話だ。明は傷付いた。もちろん彼女に悪気はないのだろうが。

「それじゃあここで待ちます。……お友達が来るまでの間」

その言葉を聞いて、すぐに彼女はノート型パソコンをてきぱきと片付け始めた。茶会の準備だ。デスクを使うつもりらしい。

一方、明の方はそれを言うと同時に後悔していた。つまらない意地を張ってしまったものだ。自分に友達がいないことがバレるのも時間の問題だろう。明はコーヒーを出されてからも、それを見詰めながらまだそんなことを考えていた。カップの中には暗黒が広がっている。

いじめの被害にあっている者はしばしば保健室に避難する。明もその中の一人として彼女に記憶されるのかも知れない。

ふと、明の前に自分の好きな物が出される。鳩サブレーだ。頭をかじる。鳩サブレーは明の不安とは全く無関係に、いつも通りちゃんと好物の味がした。正気に戻った明はもう一度コーヒーカップの中を覗いた。

今は悩んでいる場合じゃないぞ、と思った。早く砂糖とミルクを入れなければならない。コーヒーが冷めてしまうと、全部完全には溶けなくなってしまう。

明は液状のミルクを二ケ、そして角砂糖を三個入れた。

「あなた、いつもそうやってコーヒー飲んでるの？」

「そうですけど」

天然ボケならぬ天然甘党の明は、自分が何故驚かれているのか分からない。

「……斬新な愛飲法ね。まるでカフェオレだわ」

そう言う当の本人はブラックで飲んでいる。ひがみっぽい人間なら、なんてしらじらしい、と心の中で呟いたことだろう。しかし明は絶望的に単細胞だった。そしておだてに弱かった。彼は心の中でこう呟いていた。斬新な俺様に惚れるなよ。

誉められた嬉しさで口元が緩む。しかし彼はそれをぎゅっと結んで堪えた。

「ま、キャッフェオーレにはこだわってますから」

澄ましてそう言う。俺様に惚れるなよ。

「要するにコーヒー牛乳ね」

興ざめ。

そうか。カフェオレとはコーヒー牛乳のことだったのか。明は愕然とした。しかしよく考えてみると、双方は確かに同一だ。それにしてもコーヒーがカフェだとしたら、牛乳はオレだろうか。明は思案する。オレ？　オレが牛乳？　え、キミが？　キミが牛乳？　これは大発見だ。オレは牛乳だ。純一に教えてやらなければ。

思い起こせば、明はいつも他愛のない発見をしては純一に話したものだ。彼はひたすら自分本意に、一人で喋りまくっていた。つまりオナニーだ。純一はそれを聞いているのかいないのか、ただ黙って、明のザーメンを顔に浴びた。まりあという源氏名を持つ娼婦は、いつだって顔射をオーケーしてくれるものなのだ。確かに相槌がないのは物足りなかった。しかし彼は、退屈も見せなかった。明にとってそれほど有り難いことはなかったのだ。

「遅いわね。お友達。忘れて帰っちゃったのかしら」

養護教諭が言う。とうとう明が恐れていた発言が飛び出した。しかしあくまで悪気はない。

「いいんです、忘れられても。俺、どうせ孤独を好む質《たち》だし」

心揺さぶる木枯らしはショパンの調べ。孤独を飾る様式美など、百害あって一利なし。ひとりぼっちは罪悪だ。

「あの、先生」

「何？」

本当の事を話そう、と明は思った。

「あの……」

「なあに？」

本当の事を。

「鳩サブレーもう一つ下さい」

そう、これが「本当の事」……である筈がない。しかし、「友達は来ないと思います」とはやはり言い出せなかった。明は自分を不憫に思った。そうか。かわいそうな自分は結局鳩サブレーのお代わりに値するのだ。

しかし彼女は言ったのだった。

「悪いけど、鳩サブレーのお代わりはまた今度にしましょう」

「そんな……」

明は立ち上がった。

そんな殺生な。彼の瞳は悲しみでツヤを増す。餌を取られたハムスターの目だった。

「な、なんでですか？　いいじゃないすか。はと、鳩サブレーのお代わりぐらい。なんでだめなんですか。ねえ、ねえ、」

明はじりじりと彼女を追い詰める。馬鹿野郎、馬鹿野郎、馬鹿野郎。彼は泣きそうになった。どうしてどいつもこいつもこんなに意地悪なんだ。

「だってほら、お友達来たわよ」

振り返るとそこには友の姿。

「仮眠グスーン。よく寝たか？」

純一だ。起立と同時に明の顔は喜びで輝いた。

「先生、来たっ。迎えに来ましたよ。ウチのですっ。来ましたっ。どうもありがとうございます」

「ウチの……。ああそう。良かったわね」

養護教諭は明の喜びようにすっかり圧倒されていた。

「なんだよ、純一。遅いんだよ。おかげでくそまずい鳩サブレーなんて食わされる羽目になったじゃねえか」

「すまん。トイレでウンコしていたのだ。で、時間かかりまくりってワケ。すっげーのが出たの。ギャ糞て感じ」

「まったくこの俺様を待たせるなんて、いい根性してるぜホント」

明はとても嬉しそうだ。とても孤独を好む質には見えない。

「ほら、鞄と着替えだ。待たせて悪かったな、えーと、名前なんだっけ？」

明の前に現実が立ちはだかる。そうだ。純一は明の名前を忘れてしまっていたのだ。皮肉なことに物覚えの悪さだけは変わっていない。

「ひでえなあ。もう忘れたのか。俺は妻城明だよ。ま、お前は友達だから特別に明様って呼ばしてやるよ」

しかし純一はその特権に喜んだ様子を見せなかった。彼の興味は養護教諭の女性にあったからだ。

「シズコ……」

彼女は純一を見ると、すぐに目を逸らし、コーヒーカップを片付けた。

「あーあ、こりゃもう使えないなあ」

明は二人の様子に気付いていなかった。鞄のことで夢中になっていたのだ。革がカッターで傷付けられ、メチャクチャになっている。この鞄は明が某私立ミッション系高校の生徒に成り済まして、そこの売店で手に入れたレア物だった。もったいないことをした、と明は思った。

「あ、ヘアワックスが使われてる。むちゃくちゃするよなあ、あいつら。なあ純一？」

純一は明を見てはいない。彼の視線は明の後ろまで延びている。

「あんたはシズコだ」

「え、キミら知り合い？」

明は二人の顔を見比べて言った。

「知らないわ、こんな子」

その言葉を聞いた純一は、目を大きく開いた。そして、頬骨が持ち上がる程、顔面の筋肉を醜悪に歪めて笑みを浮かべた。怒る相手に過敏になり過ぎた小心者の、不謹慎な陶酔がそこにあった。

「知ラナイワ、コンナ子。知ラナイワ、コンナ子。知ラナイワ、コンナ子」

純一の道化に明は笑った。自分を笑わせているのだとばかり思っていたのだ。しかし道化は明を腕で押し退け、養護教諭の女性に近付いた。

「ドクター俺、病気なんです。肩の上に死んだおばあちゃんが乗っかってるんです。キンカン塗って下さいよ」

「二人共、早く帰りなさい」

「ああっ、ウイルスがっ、ぐええ。し、死ぬうっ」

純一はオペラ歌手のように興奮して声を張り上げた。彼らはいつも絶望的な悲劇を朗々とした長調のメロディーで歌うのだ。

「先生、やっぱりこいつ、どこか具合悪いんじゃないの。なんかこいつ、今日いつもと違うんだよ」

明は先程の純一を思い出した。「元気で明るい」なんて悠長なことを思っている場合ではなかったのだ。

「これは病気じゃなくてただの甘え。さっさと連れて帰って」

純一はその言葉を聞くと、いよいよビクンと痙攣を起こし出した。狂犬病の発作が始まったのだ。

「悲しくないぞ、ちっとも悲しくないぞ。だって……ワン！　嫌なことは全部、犬が引き受けてくれるもんなあ」

純一は四つん這いになってベッドに駆け上がった。

「ワオーン！」

「おい、なんか『ワオーン』とか言ってるぞ。なあ」

明は養護教諭の女性の方を見た。彼女は黙っていた。

「保健所だ、要求は保健所だ。三十分以内にデリバリーしろ。でないと金は払わん」

ベッドの上でジャンプしている純一はまるでお山の大将だ。

明は言った。

「先生。保健所に行った犬はどうなるの？」

「殺されるわよ。迷惑だから」

「辛そうだなあ」

「辛いわよ」

楽しそうだなあ。今の純一を見て明は思った。

「純一は病気だよ先生。辛いのが平気なんておかしい」

明はゆっくりと純一の方へ歩み寄った。

「やめなさい。噛みつかれるわよ」

養護教諭の女性は明の後ろ姿に向かってそう言った。しかし明は聞き入れなかった。

「なあ、純一。やめろよ保健所なんて。どうしてお前が迷惑なんだよ。誰がそう決めたんだよ」

「何故」と「誰」の臭いをさせてヒトは狂犬に近付いた。

「お前、いやな臭いがする。……ヒトだな」

狂犬はそれを嫌悪する。鼻が利《き》き過ぎるのだ。

「くさいだなんて。ひどいこと言うのね、友達に向かって」

養護教諭の女性はまっとうな根拠で純一を責めた。しかしそれはいたずらに狂犬を喜ばせるだけだった。

そしてさらに、のっぺらぼうの後頭部がこう言ったのだ。

「俺？　俺は別に。気にしてないけど」

純一は今のセリフの主の表情を見、そしてビクッとした。彼が知っているヒトとは違う表情をしていたからだ。

「へえ、そうか。くさいのか俺は、くさいのか」

後頭部はそのことに対して、さも愉快そうに喋っている。純一は後ずさりした。

「なんだよ。そんなに毛嫌いするなよ。旧・藤田純一はもっとお利口だったぞ」

後頭部が純一をベッドの端まで追い詰めた。純一はグルルルと威嚇する。弱い犬程そうするものだ。

「保健所なんて行く必要ないね。妻城明を嫌う犬なんて俺が今、ここで殺してやる」

「離れなさい妻城君」

しかし後頭部はそれを拒否した。

「あはは、お前、目やにが付いてる。俺が取ってやるからじっとしてろよ」

明は純一の顔に手を近付けた。

その時、
とうとう「その瞬間」が来たのだった。

養護教諭の女性は今までの危惧とはまるで対照的に冷静にその有り様を見ていた。

明は自分の指から流れる血を見た。

そして、

「おおーっ噛まれたぁーっ」

純一はその声に驚くと、保健室を飛び出して行った。養護教諭の女性はそれを傍観していた。

「先生、俺、どうなるんだよ？　死ぬのかよ？」

「大袈裟ね。すぐには何も起こらないわよ」

「え？」

明はもう一度、手を見た。歯型がついているが、ただの切り傷だ。

「なんだ。包帯巻いてよ」

とたんに態度が大きくなった明は彼女に手を差し出した。

「その前に」

彼女は包帯を巻いてくれようとはしない。

「ごめんなさいね。『くそまずい鳩サブレー』で」

「あ」

そう言えばそんな失言したような。

その後、明は失言を撤回し、拝み倒して彼女に包帯を巻いて貰った。

その間、彼女から純一の病気について話を聞いた。純一は病気で日常生活の細かい事が出来なくなっていること。物忘れもひどく、明を忘れたのもそのせいであること。病気になると、人間の生活に適応出来なくなるので、保健所で死ぬことを望むこと、などだ。

しかし彼女の話はどこか表面的で少しも核心に迫ってはいなかった。例えば、どういう人間が狂犬病になってしまうのか。どんな時に犬と入れ替わってしまうのか。その辺りには触れられなかった。

その事件以来、純一は明を避けるようになった。もともと学校では疎遠な二人だったが、廊下で擦れ違っても目も合わせようとしないのだ。それとなくそうする分には明も構わないのだが、純一にはそれをする知恵も要領の良さもない。明にとって純一は罪な存在だ。

明は包帯の手でトイレの扉を押した。向こうにしてみればこちらが腹を立てていると思っての行動なのだろう。しかし接触の手段を断たれていては、和解すら出来ない。そしてこちらは無視そのものに腹が立っている。人間同士がうまくやっていくのは難しい。

トイレの蛍光灯の光を浴びた明は安堵感を覚えた。学校のトイレというのは不思議な場所だ。ここではクラスメートの悪口を他のクラスに持ち込んだり、タバコを吸ったり、教室では出来ないことをする。校内の一般常識が通用しない、治外法権の聖域だ。殺伐とした世界を塗り潰す清潔な乳白色の壁。湿っぽいその壁に純水のドロップが伝っている。地下水の浸食を受けて何千年もの間培われて来た洞窟のようだ。クラス内で立場の弱い者はここでトリップする。

トイレは静かだ。とは言うものの、授業中なのだから当然なのだ。遅刻して来た明は教室に入る前に用を足しておこうと思ったのだった。タバコでも吸って、三十分程のんびり用を足そうと。またしてもサボりだった。

誰もいない、と明は思った。いや、誰かいる。トイレの一番奥に制服の黒い背中が見える。

「死体……じゃないよな？」

明がそう思ったのは背中に蛾が止まっていたからだ。微動だにしないその物体はとても魂のこもった肉体とは思えなかった。

「なんだ、お前かよ」

純一だ。はっとした純一から、蛾は蛍光灯に向かって羽ばたいた。

彼はますます丸くなって黒い背中を見せた。腹に何かを隠している。

「何やってんの？　お前」

純一は頑なに背を向け続けた。

蛾が光源に繰り返し体当たりしている。脆弱な形骸は刻々と自滅の道を歩んでいるようだった。

「何を隠しているのかな？　新・藤田純一君」

明はにやりとして純一の隣にしゃがみ込んだ。

「生まれたばかりの卵を温めているのだ」

純一が引きつった笑みを浮かべて言う。

「ハハッヒヒヒヒフッへへへホッホッホッ」

明は笑う。

「くくくっ」

純一も笑う。

「ハ行以外の擬声語で笑ってんじゃねえよ」

明は純一を睨みつけると彼の耳を引っ張った。

あの事件以来、明は純一が自分に秘密を持っているという事実を容認することが出来なくなっていた。いや、もっとずっと前からそうであったかも知れない。

むしろあの事件によって明のそういう性質が覚醒したと表現した方が正確だろうか。とにかくその瞬間、明は純一について知ることの出来る全てのことを知ろうとするのだった。そして自分本位の好奇心がヘビのように対象を飲み込み、腹でやっと消化に落ちつくのだ。

あの時の明の行動にしてもそうだ。確かに結果的には狂犬病の感染を誘発することになった。しかしそれは全くの偶然、あるいは明の本能のようなものだ。今の時点ではそれは定かではない。とにかく明本人にとってもまだ未知の感情なのだった。

「お前に噛まれた部分さ、なかなか治んねえんだよ。純情可憐な少年をキズモノにした責任、キミはどう取るつもり？」

純一の耳を強く引っ張るその手は包帯をしている。

「お前に噛まれた時はそりゃあ痛かったぞお」

体当たりを繰り返していた蛾が、とうとう力尽きて墜落した。

「痛かったなァ！」

ビクッとした純一がひるんだ瞬間、明は彼の肩を引き寄せて腕の中を覗き込んだ。

純一の腕の中にあったのは食べかけのそぼろ弁当だった。

「え、弁当？」

好奇心の欲望を満たされた明は穏やかな食後のヘビに戻った。

純一は弁当箱をもったまましばらく無表情で呆然と立ち尽くした。そして、

「そぼろ食ーだそぼろ食ーだデブでばびでぶーっ！」

秘密を知られてしまった解放感と共にやけっぱちになった。

「お前、昼はパン食い党じゃなかったっけ？」

明は平然としてそう尋ねた。

「然り。しかしここにあるのはママであるトモコの愛情弁当、すなわち『まじょ弁』それが真実」

明の冷めた反応にしぼんで落ちた純一は再びしゃがみ込んだ。

「なる程、トモコの作品とはね。でもどうして？」

「たまたま朝早く目が覚めたんだと。早起きはコケッコー、三文お買い得だってさ」

純一はいつものようにおどけている。しかしその裏で別の動作が進行していた。明はそのことに気付いた。純一は明から遠い方の太股で、手に付いた何かを擦り落とそうとしているのだ。

「箸は？　まだ使えないのか？」

「フォエバーとは限らぬが、エバー思い出せない」

明は純一が何を落とそうとしているのか分かった。手に付いた米粒だ。純一はさりげなくそれを取ろうとしているのだが、なかなか取れない。むきになって擦れば擦る程、それは頑固に純一の手にくっつくのだった。

「で、なんでトイレで食ってんの？」

「いやーんまいっちんぐ。……恥ずかしいから」

「手づかみで食べなきゃいけないから？」

「そうです」

純一は頷いた。

「恥ずかしい？」

明は修学旅行の時の事を思いだした。つまり、純一は箸が使えないということが発覚したあの精進料理つきの修学旅行だ。隣に座っていた生徒に、「お前、箸使えないの？」と冗談で言われたのだ。しかし彼はただ笑って、否定しなかった。その時、皆の「えーっ」という声と担任の驚いて開いた口が重なった。腹話術みたいだったたのを覚えている。

そして、純一がちっとも恥ずかしがってなどいなかったことも覚えている。

今更それを恥ずかしがるのはどう考えてもおかしい。

「うん。確かに恥ずかしいな。箸が持てないっていうのは。メチャクチャ恥ずかしい。スッゲー格好悪い」

唐突に明は言った。

純一の手にはまだ米粒が付いている。拭っても拭いきれない。米粒はいよいよ黒く汚れ、鼻クソのようになっているというのに。隠そうとする程、事が厄介になっていく。

「箸ぐらいな、よっぽどのガキじゃない限りみんな持てるぞ。日本中、いやアジア中だ。みんなが出来ることが出来ないってことはだなあ、お前、普通以下ってことだぞ。偏差値で言ったら四十九以下。最悪だね。も、どうしようもないね」

「はーしが持てないアジアじんー。だーから今日からインドじんー」

神経質な笑いをしながら純一は相変わらず手を擦り続ける。

米粒の付いた人差し指をズボンに擦り合わせる。米粒は人差し指の腹の上を這い、移動して、中指にくっつく。中指をズボンに擦る。するとまた人差し指にくっつく。その繰り返し。堂々巡りだ。

明の目は執拗に純一の手を追い続けている。明は純一が自分の目を気にしていることに気付いている。明が見てさえいなければ、純一はもっと落ち着いて米粒を取ることが出来るのかも知れない。しかし明はそれを許さない。自分に隠し事をした純一への罰だ、と思っている。

「さっきから取れてねえんだよ、ご飯粒が」

純一はドキッとして自分の手のひらを見た。

「見え見えなんだよ、お前の考えてること。今まではどうせ箸なんか持てなくたって、保健所で死ぬから関係ないって思ってたんだろ。甘かったな」

純一は明に隠し事が出来ない。

「あのシズコって女、保健室のオバさん辞めたらしいぞ。どうすんだよ。連絡取れるのか?」

取れる筈がなかった。シズコは神出鬼没なのだ。

「ご飯粒、全然取れないんだよな」

純一は啜り泣くような、息を吸う笑いをした。

米粒は取ろうとしても取れないのだ。もがけばもがく程、状況は悪化する。彼に出来るのは自分を嘲笑することだけだった。それが彼に残された最後の逃げ道だった。

「トモコの弁当。結構イケてるな」

純一の笑いが止まる。

明は弁当箱に手を入れ、そぼろご飯を食べた。そして自分の手に付いた米粒をなめて取った。

「俺もさ、箸が使えなくなったんだ。つい最近な」

明は濡れたその手を包帯の手と擦り合わせて拭いた。

「他にも計算とか、日常的なことが少しずつ出来なくなってる」

純一から伝染した狂犬病は明にも徐々に表れ始めていた。

明は米粒の付いた純一の手を握り込み、そして言った。

「お前、ちょっと無防備過ぎるんじゃないのか？　クラスの連中に馬鹿にされてもへらへらしてるしさあ。これからもっとヒトの生活から離れていくんだろ？　お前潰されるぞ」

明は純一の手に付いた米粒を取り除いてやった。

純一がクラスメートに潰されるとしたら、もう既にそうなっていただろう。しかしそれはあり得ない。彼は人気者なのだから。明がその事を一番よく知っている筈だ。

チャイムが鳴った。明は純一の弁当箱を奪うと立ち上がった。

「また俺ん家に寝に来いよ。鍵はまだポストに入ってるからさ」

明は群衆の中へ入っていった。火事場に突入する消防隊のようだった。

彼と入れ代わりに彼らのクラスメートが入って来た。

「おう藤田、ここにいたのか。なに座り込んでんだよ？」

純一は何事もなかったかのように彼に手で挨拶した。彼は鏡の前で眉を整えながら言った。

「俺、今さあ、妻城と擦れ違ったんだけどさあ、あいつ弁当箱持ってトイレから出て来てやんの。行動が変人ハイッってるんだよなあ。だからハブられるんだよ」

純一は明の言動を思い出していた。純一は米粒を取ってくれ、と頼んだ訳ではない。ただ、彼がそれを取ろうとするのを、見て見ぬ振りさえしてくれれば良かったのだ。

二人の思いは擦れ違い始めていた。


次の日革命が起きた。発端は朝のホームルーム。ご機嫌斜めのクラス担任がこう言ったのだ。

「昨日職員会議があってね……」

中略。どうやらこのクラスは私語が多いとの言伝てがあったらしい。

「先生はね、あなた達の自主性を尊重したからこそ、あなた達に席替えをまかせたの……」

以下省略。

早い話が座席の再編成である。彼女は独断と偏見で私語の多そうな生徒を選出して集め、最前列に座らせた。残りの者は前回と同じくクジ引きで決めた。

明の席は教室のちょうど中心にあたる場所に位置していた。そして純一の席は、一人飛び抜けた五十番目の席になった。

その日の放課後、明は純一と一緒に帰るつもりだった。しかしすぐには帰れなかった。明にはやるべきことがあったのだ。彼は純一を教室に待たせた。

「あ、こいつ机にヴィトンのマーク書いてる。はは傑作。高級品に見えるぜ」

明は笑いながら雑巾で擦ってマークを落とした。

「純一、全部拭き終わるまで待ってろよ。先に帰るなよ」

返事はない。

明は純一に背を向けたまま机を拭き続けた。純一は自分の新しい席に座っている筈だ。明は敢えてそちらを振り返ろうとはしない。返事を確かめるまでもない。純一が自分を置いて先に帰る訳がないのだ。

「お前、先に帰ったりしたらまたチビッコ様にヤラれるぞ。ま、お前がそんなにヤラれたいって言うなら先に帰ってもいいけどな」

純一が一人では帰らないことを知っていてわざとそういうことを言う。

「もっと前から病気の事知ってたら一緒に帰ってやってたのによ。ホントお前水臭いぜ」

明が自分の家の鍵を自由に使っていいと純一に言ったのは確かだ。しかしこれにはどす黒い裏があった。明は明で純一の鞄から彼の家の鍵を抜き取っていたのだ。要するに無理矢理、鍵を交換したも同然だった。

「んっんっんっー。んっんんっんんっー」

明は雑巾掛けの手を休め、ご機嫌で鼻歌まじりにリップクリームを塗り始めた。依然として純一には背を向けたままだ。

「掃除ってさ、サボるのは難しいけど、勝手にやるのは簡単なのな」

そう、明は当番ではないのだ。当番なのは純一なのだ。もちろん純一が代わりを頼んだ訳ではない。

他の班員は明が掃除しているのを見ると、彼にまかせて下校してしまった。

「なんかこういうのっていいよな。お前の事、俺が代わりにやるの。おい純一、話聞いてるか？　純一？」

明はやっと純一を振り返った。純一は立ち上がって窓の外を見ていた。

明は純一の視線を追った。その先には充血した赤い満月があった。まだ低い位置にあるそれは、雑居ビル同士の間を浮遊していた。

純一はすっかりその風景に気を取られていて、自分を見る執拗な視線に気付きもしなかった。もし、誰かが二人を見ていたら、その人はぎょっとしただろう。

純一とそれを見る明。その構図はまさに心霊写真そのものだったからだ。対象を睨む明だけではない。純一の眼はメドゥーサに睨まれた後の石像のようだった。まばたきひとつせず、眼球を赤い光線に晒しているのだ。それは不吉な運命を約束された人間の顔だった。

「純一?」

その声に純一は驚いたように振り返った。明は純一のすぐ後ろまで来ていた。ぼんやりしていた彼には、明が瞬間移動でもしたかのように思えたのだろう。

「あのさあ、お前に渡そうと思って」

明は平凡パンチよろしくパーフェクトな魔性の巨乳スマイルを見せた。そしてズボンのポケットから手紙を取り出すと、純一の目の前に出した。

「ほら、手紙」

「手紙? 誰による? 何故による?」

手紙には女性の字で「藤田純一くんへ」と書いてある。ラブのオーラが立ち込めるレターだ。明は純一が伸ばした手をかわすと、封筒の裏側に記された名前を見た。

「白川めぐみ……さんから。間違えてうちのポストに入ってたんだよ」

「白川めぐみさん。うーむ」

純一はしばらく思案した。

「思い出したぞ。その人はいい人だ。教科書を忘れるといつも隣で見せてくれる」

「隣に座ってる奴の名前ぐらい覚えろよ」

「えへっ」

そういう明もクラスメートの名前を覚えていないことになる。

「ふーん、いい人か。そりゃよかったな」

「ああいい人だとも。そりゃ大変よかった」

「どうする純一？　そのいい人からの手紙だぞ」

「いい人からの手紙……」

純一の顔面が笑顔を絞り出そうとして膨らむ。見知らぬ大人に菓子を貰った子供のようだ。

「ラーブレターフロム」

「いいひとぉー」

明の歌いかけに純一はますますウキウキして応えた。

「いいひとからの手紙はー」

「手紙はー」

ああウキウキ。

「こうしましょう」

破れた。

明がいい人からの手紙を破ったのだ。

「何ソレー、妻城明クン、鬼ムカツクー」

そう言いながら明は容赦なく手紙を引き裂いた。それはレーザーミサイルのようなまばゆい程の残酷さだった。

純一はそれをただ黙って、あきらめたような表情で見ていた。おそらく彼の心の中で、免疫のようなものが出来ていたのだろう。他人の鍵を盗むような人間は、他人のラブレターを破ることだって有り得る、と。いやもっと前、免疫は明が純一の米粒を取ってやった時に既に出来ていたのかも知れない。

「お前なあ、女なんかと付き合ったって、また何か出来ない所を見付けられて恰好悪い思いするだけだぞ。ちゃんとそういう事考えろよ、病気なんだから」

明が純一に囁く。純一は下を向いている。明の口調は優しかった。いかにも純一のことを思いやっているような言い草だった。

明は例のヘビの食欲で純一を管理しようとしていた。かつて、「負け犬ジョンを人間から隠してください」と純一が言った言葉が実現したのだ。

「お前に悪いようにはしないって。俺の言う事聞いてればいいんだよ。ほら、掃除だってお前の代わりにやってやってるだろ?」

明はまた上機嫌で掃除を再開した。

そして彼は再び純一に背を向ける。その背を見詰める目を確かめようともしないで。

しかし「ジョンを隠して」いるのは明一人の手によるものとは言い難かった。偶然という見えない大きな手がそれに加担していた。つまり席替えのことだ。

教室の中央の座席というのは、教師の最も目の届き易い場所だ。そして授業によっては、最も指され易い場所であるともいえる。彼らのクラスの数学の教師はたまたま目の合った生徒を当てる癖があった。その被害を受け易いのが中央に座る生徒なのだ。勉強の出来ない純一は当てられる度に答えられず、よく恥をかいたものだ。しかし席替えのおかげで純一はその被害を免れ、明が新たな犠牲者となったのだ。

明の雑巾がけが自分の席に到達した。彼は机の中から鏡を取り出した。

「あーあ、やっぱり欠けてるよ」

明は前歯を見た。彼は今日、中学生の復習問題が解けなくて教師に殴られたのだ。もちろん、教師も本気で殴ったりなどしない。そんなことをすれば今日《こんにち》のペアレント・ティーチャー・アソシエイションは黙っていないだろう。男子限定でゲーム感覚程度に軽く殴るだけだ。明の欠けた前歯は、受け身の姿勢をし損なった彼が招いた人災だった。

しかし、いくら人災といえども、昔の席だったら明は指されなかっただろうし、殴られることもなかった。そして純一が殴られていたかも知れないのだ。

「俺だってさ、昔はあのぐらいの問題解けたんだぜ。でもさ、なんてったって俺も今、狂犬病だろ？　すっかり解き方忘れてさあ」

そう明は言う。

「狂犬病……」

純一はぽつりと何か言いかけ、そして止めた。

明は数学の教科書のガイドブックを持っている。それにはすべて答えが載っているのだ。以前、明は純一にそれを見せてこう言ったことがある。お前も買っておいた方がいいぞ。あの席、指され易いんだし、それにあいつ、答えられないと男には殴るだろ？　ひでーよな、男女平等にしろっちゅーの。

そして今、純一が現在座っている席を拭きながら、明はこんなことを言う。

「ま、どうせ怒られたい気分だったからいいけどさ。つまり、のれんにパンチ。今の俺に教師の説教なんて意味がナッシングだぜ」

怒られたい気分。意味がナッシング。

純一は目を伏せ、記憶の糸をたどるような仕草をした。そしてはっとした。

明が純一の机の雑巾がけの作業に着手して、随分時間が経った。それでもまだ彼は教室の白い壁を凝視しながら手を動かしている。彼は脱魂状態になっていた。自分がかつて騙されて、一人で掃除をした時のことを思い出していたのだ。あの時のしたたかな情熱の青白い炎が、再び彼の胃袋をじりじりと焦がしていた。

「明、もうマイホームに帰ろうぜ。な？」

純一は明の雑巾を強く引っ張ってもぎ取ろうとしながら言った。明の心の炎を吹き消そうとしているかのような大声だった。

純一の言うことを理解しているのかいないのか、明はしっかりと雑巾を握ったまま、しばらくぼんやりと彼を見詰めていた。そしてやっと純一に焦点が合ったかと思うと、彼は言った。

「あんた、誰？」

「え？」

「悪いんだけど、掃除の邪魔しないでくれる？」

その時、何かの音が校舎へ向かっていた。今は小さいが、近くに来た時には轟音になりそうな予感だ。それは物凄い速さで近付いて来る。まだ遠くにあるのに、もう手遅れだと思わせるぐらいだ。

「どうしたのだ明？　もしもーし。しっかりしてくれよな。俺は……」

校舎の上空を飛行機が通過する。これが轟音の正体だ。藤田純一という名前は掻き消されて明の耳には届かない。

その偶然はコミュニケーションの薄い鼓膜をいとも簡単に破ってしまった。その破壊は誤解を生む。誤解は混乱を招く。

「純一ィ」

明がニヤッとする。飛行機は轟音を連れて遠くへ行ってしまった。混乱ももうない。

「どうした純一？　何そんなにビビッてんだ？　怖いことなんて何もないだろ、俺がついていてやってんのに」

その時、雑巾を引っ張っていた純一の手の力が抜けてしまった。

「俺、今から雑巾がけしなきゃいけないからさ、おとなしく待ってろよ。お前の代わりにしてやるんだから」

そう言って明は二度目の掃除を始めた。相変わらず純一に背を向けて。

「なあ、前さあ、お前よく怪我して来ただろ？　で、クラスの奴らが誰がヤッたんだってきいて。あの時お前、本当の事言っちゃえば良かったんだよ」

「本当の事……」

今年になってからの純一の怪我は全てシズコに因るものだった。

「あの時は悪かったな。痛かっただろ？」

明はまるで自分がそれをしたような言い方をした。そう思い込んでいるのか、それとも自分のせいにしたいのか、言葉からは憶測が困難だった。

「俺もさ、ちょっとカッとなる所があって、良くないと思ってるんだよ」

確かに二人はいい感じだった。ケンカだって一度もしたことがない。

「俺が名乗り出ても良かったんだよな。その方がみんなだって納得出来ただろうし」

タシカニフタリハイイカンジダッタケンカダッテイチドモシタコトガナイ。

「敵の正体がはっきりしてれば、クラスの奴らの過保護もここまでひどくならなかった筈だよな」

タシカッ……タリハッ……カンジッ……タ……ンカッ……テ……ドモッ……ガ……イ。

「やめちゃえよそんなの。みんなに世話して貰うなんて」

とわぁしくわぁにふたりうわぁいいくわぁんじだつたけんくわぁだつていちどうぉもぉしとわぁことぉんぐわぁぬわぁい。

「なあ純一、世話なら俺がしてやるよ。昼飯の面倒だって俺がみてやる。パシリになってやるよ。牛乳でも、パンでも、お前が好きなの何でも買ってやるよ。何でもだぞ？　いい考えだろ？」

「アキラ！」

純一は後ろから明に突進した。転んだ明から雑巾が離れる。純一がそれに手を伸ばす。明がその邪魔をする。二人は摑み合ってごろごろと転がった。しかし結局、明が雑巾を腹ばいのまま手にし、素早く立ち上がった。

「死ね」

明が純一の手を踏みながら言った。

「自殺しろよ、お前。すぐ後追ってやるよ。どうせ俺が犯人にされて殺されるんだ。最高だよなあ、俺達のつながり方。地獄までご一緒ですってよ？　奇遇ですわねえ」

明は無理矢理交換した合鍵を死後の世界まで持って行くつもりなのだ。

「でもお前さあ、地獄で会ってもさあ、この前みたいに俺の名前忘れたりしてやがんの」

明は笑った。

「おかしいよなあ、そんなことあったら。俺、エンマ様の前で笑い転げるかも。そしたらお前に言ってやるよ。いやな臭いがするって」

明はいやな臭いの雑巾で純一の顔を拭いた。

「この前、このまえ、コノマエ、お前が俺に言ったみたいにさァ！」

明は下を向いて雑巾を置いた。今なら純一は簡単に雑巾を奪えただろう。しかし彼はそれをしなかった。

「最低、お前」

「すいませんでした」

純一はそこで土下座をして詫びた。

「違うよ純一。お前は人に謝ったりしちゃいけないんだ。俺もなんとなくそういう事が分かって来たんだよ」

明は純一を立たせた。

「お前は俺とかかわってる理由なんてないかも知れないけどさ、俺には同じ病気の仲間はお前しかいないんだよ。俺だって怖いんだよ」

実際、明も物凄い速さで、日常生活の些細な事が出来なくなっていた。そしてその事について、情けなくていてもたってもいられないというのが現状だ。

しかし明にはもっと恐れている事があった。彼の中である妄想が次第に膨らんでいることだ。それは自信をなくした自分を慰めるための想像だった。初めは頓服のようなものであったその想像が、今では常備薬になっていた。彼は中毒だった。

「お前には心底、ひどいことをしてると思ってるんだよ」

明は発作的に謝った。しかし純一は何のことを言っているのか分からず、困惑しているようだった。

「なあ、でも俺の気持ちも分かるだろ？　お前だって病気が怖くて保健所で死にたがってたぐらいなんだし」

純一の両肩を掴み、明は必死で何かを訴えようとしている。

純一はおどおどして明を見た。明はそれを見ると、突然つまらなそうな顔をした。純一に何かを期待して裏切られた、とでもいうような表情だった。

「もうやめた、お前の代わりに掃除なんて。アホらしい。もういいから帰れよ。お前がどうなったって関係ないよ」

明はズボンのポケットから鍵を取り出すと、床に放り投げた。

「ほら、鍵」

その日、結局二人は一緒に帰ることになった。明の言う事はその瞬間ごとに全く違ってしまうのだ。まるで正反対の性格の人間が交互にでしゃばって出て来ているようだった。明は分裂人間になってしまったのだ。

電車の中で明は純一に寄り掛かって、まるで小さい子供のように安心しきって眠った。

電車の窓枠内には高度を増した月があった。それは純度の高い月光のエキスを絞り出していた。しかしその月は先程の赤い月と同じものである筈なのだ。

明の分裂は狂犬に変身すれば治まるだろう。しかし狂犬はこの変身のしくみを教わったことがないのだった。ただ、純一が自力でこのしくみに気付くのは時間の問題だ。明の分裂が今に始まったことではないことを、純一が思い出しさえすればいいのだ。

「ジュンコ。あんた思いっきり邪魔」

放課後のげた箱という、最も人通りの多い場所でしゃがみ込む彼女にアキは言った。

「ウソー。それヤバイわ」

それでもジュンコはまだ座っておっとりとソックタッチを塗っている。

「ねーねーアキ。て言うかさあ、私、昨日、美容院行って激烈ヒマだったから週刊誌読んだのね、それで書いてあったんだけど、あのヴォーカルの子、八丈島の高校で超いじめられてたんだって」

「あーそれ知ってる。昨日テレビでそのことインタビューされてたかも」

その口、八丈島の少女は、某ストリート系の雑誌が主催する美男子高校生コンテストに審査員として出席していた。その帰りにレポーターに捕まったのだ。「いじめられっこの立場として子供による殺しをどう思うか」という支離滅裂な質問に、彼女はただ泣いて、「ごめんなさい」を繰り返していた。

同じ日、『健ロク』では彼女の特集を組んだ。ミュージシャンが集結し「いじめられっこの逆襲」「洗脳される子供達」などのテーマで話し合った。彼女の音楽と、子供の殺しをどうしても結び付けたいらしい。

「アキあのさあ、それより今日買い物してっていい？」

「いいですよお。ご飯も一緒に食べようよ。ねえ、なんでジュンコってメシ食いに行く時、あんなにトイレ長いの？」

「自分だって何であんなに回数多いの？」

二人は顔を見合わせて、ごまかすように微笑んだ。

「知らない。行こ」

アキが決着をつけた。

二人は互いの髪を触り合ったりして、くねくねとじゃれあいながら、校門まで歩いた。

そうやってほとんどの者が、下校するために校門へ向かっていた。しかし一人、校舎へ向けて登校スタイルで逆方向に歩く者がいた。明だ。

狂犬病に蝕まれた彼の五感はヒトを超えてしまっていた。彼はもはや遠くにいても機械のように純一の体温、純一の匂いを察知出来るようになっていた。純一はまだ教室にいる。一人残って教室の中心の席に座っている。そこは自分の席だというのに。

「おはようございマスク！」

教室の入り口で明が雄叫びを上げた。純一は覚悟を決めたかのように微動だにせず、中央から彼を見た。

「純一君、見て見て、ほらこれマスク。インフルエンザになっちゃったの。学校休んじゃったの。僕が休んだら、キミも休まなきゃ。常識だよね」

明は純一に走り寄り、マスクを指さした。純一は敢えてそれから目をそらした。

「純一君、キミは何故僕の席に座っているのかな？　キミの席はここじゃないだろ？」

「違うよ明。ここは俺の席なんだ」

純一が呟くように言う。

明は顔を歪め、内臓が痛む人間と同じ表情をすると、音に出来ない絶叫を空気にした。そしてそのあまりに強い緊張の後、彼の心身を保とうとする機能が働いた。緩和の作用だ。顔面の筋肉が突然ほぐれ、それはだらりとした笑顔に変わった。

「お前、真ん中に座ったって損するだけだぞ。あいつに殴られたいのか？」

明は優しく言い聞かせた。

「俺が代わりに座って、殴られといてやるから、だからお前は端に座れよ、な？」

「それは出来ないんだ」

純一は静かに、しかしはっきりと言った。純一は明らかに昨日とは違っていた。もう明に脅えてはいなかった。

「だめだよ明、自分の席は自分で決められないんだ。どうしようもないことなんだよ」

「どうしてもそこを動きたくないのか？」

明は精一杯いらだちを圧《お》し殺《ころ》して言った。一触即発の状態だ。

純一は黙っている。てこでも動かないつもりらしい。

「そうか。それじゃあしょうがないよな」

明は鞄の中を見て探った。

「俺もあんまりこういう事はしたくないんだけど」

明は犬の首輪を出した。

「ジェントルマンの俺としては実に不本意なんだが、これでお前を捕まえることにするよ」

「無理だ。そんな小さな首輪じゃ。あいつは捕まえられない」

「あ？　何言ってんのお前」

明は笑った。

「そいつが俺を真ん中に、明を端に座らせたんだよ。見えないけど、すごく大きな手で」

純一は憑かれたように喋った。

明は混乱した。確かに純一は時々ふざけて訳の分からないことを言う。しかし今日の不明度数は最高レベルだ。まるで外国語だ。

明は薄ら笑いを浮かべるしかなかった。それは雄弁な人間に対する卑屈な逆軽蔑だった。

「ジェントルマンの俺としては実に不本意なんだが、これでお前を捕まえることにするよ」

再び明は言った。

明はこのセリフで時間を戻そうとしていた。そして純一の異質な外国語をなかったことにしようとしているのだった。

「無理だよ明。お前には出来ないよ」

明が握る首輪には「チビ」と記されている。

なあチビ、また見たんだよ。凶暴なロックミュージシャンの夢。また人が殺されたよ。

また見たのか、臆病者。ほら泣いてみろよ。見ててやるから。

「チビ……」

「まだチビの事が忘れられないのか？」

それは実に不健康な遊びだった。自分に首輪をし、その一方で同じ鎖を持つ。犬と飼い主、一人二役。ある日、家の前でそうやって一人で遊んでいたら、引っ越して来たばかりの純一に見つかった。彼は明に言った。なんだお前、いつもそうやって一人で遊んでるのか？　やめちゃえよそんなの。訳分からなくなっちゃうぞ。混乱して、分裂人間になっちゃうぞ。俺が犬になってやるよ。今から負け犬ジョンだ。

その日、二人は墓を作ってチビを葬った。

その時から純一は負け犬ジョンとなり、明の見た悪夢の話を聞くようになった。確かに明にとっても、自分の怖い体験を他人に告白することは屈辱だった。それに対し、純一は明を９９９Ｚに持ち上げることによってその屈辱から気を逸らせたのだ。明にとって純一は名カウンセラーである筈だった。しかし明には何故か物足りなく感じた。

違う。俺とチビの関係は、こんなのじゃない。つまらないよ純一。お前と遊んでてもちっとも面白くないよ。

「チビ、捕まえた」

明は嬉しそうに純一に首輪をかけた。純一はつまらないものを見るように、その首輪を一瞥した。

「あはは……」

ガチャガチャと音をたてて輪を締めようとする。締まらない。輪の長さを調節する部分を固定出来ないのだ。

明は焦った。純一の冷めた目がプレッシャーになった。そしてまたガチャガチャと音をたてて輪を締めようとする。締まらない。明の心臓の鼓動が速くなる。ガチャガチャ、締まらない。ガチャ、締まらず。ガチャらず。ガチャらず、ガチャらず、ガチャらず！

「何分かかってんの？　首輪するのに」

明は息を呑んだ。純一を生まれて初めて怖いと思った。

「忘れたのか？　首輪のやり方」

「……」

「そうか、忘れちゃったのか。ははは、カワイソー。病気だもんな、お前。出来ないことだらけだもんなあ」

明は驚いてまばたきをしながら純一を見た。恐怖はすぐに治まり、不思議な解放感が芽生えていた。彼は純一に首輪をすることを諦めた。純一の言葉によると、自分にはそれが不可能らしい。

「ギターは中途半端。作る歌のセンスはまるでなし。マイ・ウェイは不正確。ウキャキャキャキャ」

純一はまるで別人だった。しかし彼は実に生き生きと、楽しそうに明をけなした。まるでそれが彼の本来の姿でもあるようだ。

「棄てちゃえよ、病気の体なんて。俺が始末してやる。ほうきで端に追いやってやるよ。レレレのレー」

その時、明の体の深い所から大きな空気の泡が浮かび、表面ではじけた。

俺が始末してやる。この言葉がまるで毒のように明の魂を愛撫し、全身を痺れさせている。今までの焦躁感が嘘のようだ。自分はもう純一を縛らなくていいのだ。明は何故かそう思えた。強迫観念から逃げ出して、晴れて自由の身になったのだ。

耳が水に潜った時のように遠くなってくる。

「俺は中心、お前は端。初めからそう決まってんだよ」

純一の言う事は明の耳には入っていない。明はぼんやりと遠くを見詰めていた。

「なあ純一。なんか体の中が変な感じなんだよ。皮が破けて、中から何か溢れてくるみたいなんだ」

明の目の前にいるのは自分の想像の中の純一だった。自分をけなすことによって、慰めてくれた架空の人物が現前したのだ。そしてそれは、悪夢に脅える自分を罵倒し、泣くことを許してくれたチビでもあった。

もはや明は二役を演じる必要はなくなった。純一はナビを演じてくれる。明は分裂人間でいる必要はない。明は狂犬になろうとしていた。

純一は明に囁いた。

「おとなしくハウスしてな。ワンちゃん」

唐突に明は端の机に向かって、次々と障害になる机を蹴り、手で避け、突進した。そして本来の自分の席であるその場所に座ると、言った。

「お前の考えている事が分かったよ。早くとどめを刺せよ」

「とどめはこれだ。明、狂犬になれ」

純一がやってきて明に首輪をした。

犬の遠吠えが校舎に響く。

濃厚なマーマレードに似た夕焼けが、べっとりと空を汚し、校舎を包んでいた。

「明、お手」

明は自分の前に座っている純一に黙って手を渡した。

純一は言った。

「夢の話、するだろ？　今日こそ助け出そうぜ」

明は覚悟を決めたかのように頷いた。

夢の中で自分はジュンコという少女だった。学校の帰りに、アキという友達と例によってお気に入りの無国籍料理の居酒屋に入った。ジュンコはアキに断ってトイレに行く。そして便器の前にしゃがみ込んでゲロを吐く。先程食べたばかりの特製ガーリックトーストとワインクーラーが出て来た。化粧ポーチから錠剤を取り出す。最近少し不眠気味なので、食後にテグレトールを飲むように言われているのだ。なんとなく心細くなった。便器に寄り掛かって家に電話した。ジュンコは言う。「ママ、超最低の気分だから今から車で迎えに来て」ジュンコのママは言った。「ママはもうあなたのすぐ近くにいるわよ」

トイレの壁が崩れる。ジュンコは驚いて振り返った。そこはライブハウスだった。ステージには各々の楽器を持ったミュージシャンがいた。彼らは皆、『健ロク』のレギュラーゲストだ。しかしこのバンドは不完全だった。ヴォーカルがいないのだ。「自分達はリーダー兼ヴォーカリストを観客の中から捜している」とミュージシャンの一人は言う。あるサラリーマンが選ばれて歌う。エレキギターが鳴った瞬間、彼は耳から血を流して死んだ。ミュージシャンは言う。「リーダーはカッコ良くないと駄目だよ。そうでないなら殺すしかないよね」。順番が回って来た観客が次々と死んでいく。ジュンコはさっきテグレトールを飲んだし、ママに電話もした。カッコ悪いから殺されるだろう。ジュンコは助けを呼びたいと思う。そうだ、この店にはアキがいる。しかし助けなど呼んだら、それこそ「カッコ悪い」と言われて真っ先に殺されるだろう。

もうすぐ彼女の順番が回って来る。

純一は明に言った。

「知ってるぞ、お前の秘密。テグレトールを飲んで、鬱病ごっこしてるんだろ?」

「関係ないでしょ。あなたには」

明が怒鳴る。

「健康ですって医者に言われた時、すごくがっかりしただろ？」

「うるさい！　ぶっ殺すぞ」

「言い触らしてやる」

すると明は呟いた。

「……アキ助けて」

その時なにかが、明の声を聞き入れた。見えない大きな手の力が動き始める。

ちょうどその頃。まだ居酒屋にいるアキがアドレス帳を閉じた。もう我慢できない。化粧直しをしたくて、いても立ってもいられなくなったのだ。アキは自分の顔に劣等感を持っている。でもこれは誰にも言えない秘密だ。

明は破裂するように叫んだ。

「もー嫌っ。こんな顔！　我慢出来ない」

アキはトイレでジュンコと鉢合わせするだろう。違いの秘密はその瞬間ばれる。

「カッコが悪い」二人は、生き残るためにある作戦に出る。その作戦とは、マイクそのものを破壊してしまうというものだ。

　この作戦は成功する。

　夢の話はこれですべてだ。

「明？」

　純一は明の顔を覗き込んだ。

　話し終えた明はぼんやりと机の長方形を見ている。彼は言った。

「ヒトだった時には恥ずかしかったことが、狂犬になると平気だから不思議だよな」

　純一は、ワン、と答えて笑った。彼も狂犬になっていた。

　純子《ジュンコ》クン、明希《アキ》クン。もう眠すぎて、人前で大声で泣いちゃいそうだね。キミ達が恥ずかしがって一人こっそり電車で泣いてる間に、山手線は、三千二十一周したのですよ。

クゥーン、クゥーン。だから狂犬はキミ達の代わりに鳴くのです。犬畜生に恥じらいなど無用なのですから。

明と純一は教室で食事をすることにした。この三日間、トイレで弁当を食べていたので、堂々と教室で食べたい、と純一は言った。

純一は自分の鞄からフランスパンを出して、それを食べ始めた。明は純一が食べこぼしたパンくずを食べた。彼はもうだいぶ前から純一とパンを分かち合うことを望んではいなかったのだ。明は満足だった。

そのようにして二人が楽しい時を過ごしていると、この学校の生徒らしい少女が制服姿で入って来た。二人は彼女を見た。このクラスの生徒ではないので、忘れ物をして戻って来たという訳ではないらしい。

彼女は扉のそばで言った。

「あなた達、狂犬二匹。迎えに来た」

「あんた誰？」

純一が尋ねる。彼は最後にシズコまで忘れてしまったのだった。

「私は狂犬を保健所に連れて行ける。あなた達はどうする?」

「俺はいいよ」

純一は断った。

「あなたは?」

明は何も言わなかった。

「明も行かないよ。二匹で完結したんだ。保健所はもう必要ない」

シズコは純一の言葉を無視して明を見詰めた。

明は口を開いた。

「それでいいと思う」

「そう。それなら好きにすれば」

シズコが二匹に背を向けた時、純一は言った。

「これからは明のことは俺が決めるんだ」

シズコの耳にその言葉が届いたのか、彼女は何も言わずに教室を去った。

純一はあんなに切望していた保健所入りをあっさりと諦めてしまったのだった。しかしこれはシズコの計画通りだった。そもそもシズコが保健所入りを許可するのは、それを諦めた狂犬と決まっていた。というのも、保健所なんてものは最初からないからだ。

「ほら明、見てみ。あいつ園芸が好きなんだ」

純一は言った。二匹は校庭の植え込みを窓から眺めていた。明を殴った教師が水をやっている。

「またあいつに殴られたいか？」

「お前がそうしろって言うならそうするよ」

明は冗談抜きでそう言った。

「良くないぞ明。それはだめだ。代わりに俺が殴ってやるよ。アチョーッ」

明は純一の空手チョップをくすぐったそうに顔に受けた。

二匹の思いは完結する。しかし物語はまだ完結しない。

次の日、明は珍しく学校へ遅刻せずにやってきた。教室は慌ただしかった。黒板には、ただぶっきらぼうに「元の席」と大きく書いてある。明は事情を呑み込んだ。

明の机の中にはまだ純一の教科書が入っていた。彼はまだ学校に来ていないようだ。明は自分と純一、二人分の引っ越しをした。

ホームルームが始まった。クラス担任は元通りになった席を見て、満足そうな顔をした。おそらく生徒以上にほっとしていたに違いない。

明は担任の話にいつになく退屈していた。確かに教師の話が面白くないのは当たり前だし、彼もそれを十分承知している。だから彼だっていつもなら話の間は別のことをしている。例えばクラスメートを観察する。日をやり易い教室の中央辺りに座っている奴なんかを。そう、今日は純一が来ていないのだ。

思えば明はいつもこの端の席から遠く中央にいる純一を観察していたのだった。そして純一の興味の行き先を同じようにたどり、それを確認してみるのだ。特に人間に対する興味については、明は純一本人以上に彼の深層心理を把握しきっていた。純一の周りに集まる数名の彼の取り巻き。その中から明は純一のお気にいりを特定することが出来た。白川めぐみさんもその一人だ。純一の視線の向け方、言葉の選び方など、彼が誰かに差をつけるとすぐに分かった。そして明はその特定の人物を確認すると、こう感じるのだった。へえ、あいつあんな奴がお気にいりなのか。

ホームルームが終わった。あと五分もすれば一時間日の授業が始まるだろう。こんなに短い休み時間でも、純一の取り巻きは席を立ち、彼の所へ集まっていたものだ。純一を失った彼らは眠ったり、教科書を出し入れしたり、各自好きなことをしている。しかしやはり落ち着かない様子だった。明には彼らが惑星をなくして漂流している衛星のように見えた。

誰かが中心に座っていた方がいい、と明は思った。誰かがそこにいれば、皆、そこに集まって来るだろう。惑星を得た衛星は再び安定を取り戻すに違いない。誰でもいいのだ。別に人気者である必要はない。人気者がクラスの中心に座るというきまりはない。たまたま中心に座った者の所へ人は集まる。つまり人気者の印をつけられてしまうのだ。

明が純一をそれとなく観察してしまうのも、ただ彼が幼なじみだからというだけではないだろう。何よりも明は教室内では彼に声を掛けずに、ただ遠目で見るしかなかったのだ。明には中心に座っている純一が、高貴な身分の人間のように見えたのだ。それはこの座席のせいだ。中心に座る者と端に座る者というこの決定的な違いが、明を遠ざけていたのだった。

あれは座席ではなかった、明は気付いた。あれは座標だ。中心の者と端の者とを差別する相対的な空間だったのだ。

その座標がどのように決まってしまうのか。それはクジ引きだ。これは実に暴力的やり方なのだった。何故、自分がその席を割り当てられてしまったのか、誰も知る余地もないのだ。にもかかわらず、いや、だからこそ、誰もがその暴力に翻弄されなければならないのだった。そして座席につくとすぐに、その席にふさわしい印を与えられてしまう。印を与えられた者は、大きな力によって将棋の駒のように容易に動かされた。人気者として、あるいは嫌われ者として。皆、訳も分からずにその印のせいで、泣いたり笑ったりしたのだ。かろうじて自分を翻弄するものの存在に気付いても、その正体を突き止めるすでに至らない。そしていたずらに腹を立てるだけなのだ。

明はそんな体験に身に覚えがあった。彼はちょうど自分の財布の中身のことで、腹を立てていたところだった。

今年の正月、明は親戚にお年玉を貰った。始めは予想以上の金額だったことを喜んでいた。しかし彼はお年玉をそっくり渡すように親に要求された。正直彼は腹が立った。そう言えば毎年お年玉を没収されている。だがしかし、親との物理的接触すら避けたいお年頃。衝突などもってのほかだ。しぶしぶ要求を呑んだ。しばらくして、彼の貯金が「満期」になったから、と母親はその日「豪華に食事」することを提案する。母親は彼のために、没収したお年玉で通帳を作っていたのだ。その日の夕食が寿司であったことに明は単純に喜んだ。しかし賢明な彼は重大な発見をする。俺のおごりで家族が寿司を食っている、と。

そのことに気付いた明は本気で腹が立った。自分は自分の金ですら自由に出来ない。自分の知らないところで、意図が働き、それに振り回されて一喜一憂している。

馬鹿みたいだ、と思った。もう二度と騙されない、いいようにはさせないぞ、と思った。

ある机にルイ・ヴィトンのマークが記される。たちまち机は高級品になり、大切にされる。しかし机は沈黙している。

同じ机に燃えるごみのマークが記される。たちまち机はごみになり、破棄される。やはり机は沈黙している。

机が沈黙しているのは、脳みそがないからだ。自分の知らないところで暴力的な意図が働いても、机は腹を立てる術を知らない。

狂犬病に蝕まれたヒトもまた、脳みそがなくなってしまう。彼らはもはや、与えられた印について腹を立てる程賢くはないのだ。彼らは黙って、中心を与えられた者は中心に、端を与えられた者は端に座る。まったく鈍臭い。

一度狂犬病に蝕まれたヒトは、その印のために心が死ぬ。彼らは印の奴隷となり、怒らずに従う準備が出来ている。しかしヒトの印はヒトの心の死と共に消滅する。

心の死んだヒトの肉体に狂犬が宿る。印は狂犬専用のものに生まれ変わる。

与えられた印に憤ることを忘れた一匹の狂犬がいた。その印は「所有される者」と語っている。のろまな彼はいつのまにか首輪をはめられていた。彼はそれをはずす術もなく、ただ眺めていた。やがて彼はその鎖をたどり、飼い主の正体を突き止める。そこにはもう一匹の狂犬がいる。もう一匹の印は「所有する者」と語っている。なにかに鎖を渡され、拒否する術を知らない彼もまたのろまだ。

こうして印に忠実な二匹の狂犬は一つの鎖に縛られる。所有する者とされる者として。

これからは明のことは自分が決めるのだ、と純一は言った。純一の印が彼にそう言わせたのだ。明はそれを承知した。明の印がそうさせたのだ。

もはや明は純一のどんな無理難題も引き受けなければならない。明には到底不可能なことでも、純一のふとした気まぐれでやらされることになるかも知れない。

例えば、明は考えた。二人で博物館へギロチンを見に行く。純一は自分に「刃の下に寝てみろ」と言う。「首が切れるのを見てみたいから」と。自分は怖くなって言うだろう。「なあ純一。それだけは勘弁してくれよ。首が切れたらすごく痛いだろ？　すごく怖いだろ？」。それでも純一は自分を刃の下に押さえ付ける。その手の力は自分が抵抗すれば出来なくもない程度のものだ。自分の顔は涙でぐちゃぐちゃになり、鼻水も出て来る。脂汗をかいて、口の中は乾き切っている。いよいよビビッて小便を漏らす。そんな時、刃が降りて来て、首は大根のようにあっけなくちょんぎれる。そしてごろごろと転がる。

純一は自分の生首を拾い、大事そうに抱えてこう言ってくれるだろう。「別に痛くも怖くもなかっただろ？　相変わらず明は気が小さいのな。俺の言う通りにしていれば何もかもうまくいくのに」

生首は笑い、そして言う。「おう、ちっとも痛くなかった。ビビッてた自分が恥ずかしいぜ」

明は感激して、その想像をしばらくの間、反芻した。感激は薄れることがなかった。そして幻想の中の純一が言った言葉を何度も心の中で繰り返した。

じーんとする。全く泣けてくる。一体俺はどうなってるんだ、と明は心の中で問い詰めた。いつのまにか授業が始まっていたらしい。例の数学の教師が、教科書を朗読しながらもちらちらと自分の様子をうかがっている。焦って必死に袖で顔を拭くが、涙は一向に止まらない。我ながら参ってしまう。まったく授業中だというのに困ったものだ。相手も驚きを隠せない様子だ。当たり前だ。高校生の野郎が授業中に泣いているところなどめったに見られるものではない。頭がおかしくなったと思われているかも知れない。明は「狂犬」という言葉の意味が分かったような気がした。

指された生徒が黒板の前で問題を解いている間、教師は雑談を始めた。面白くもない自分の趣味の話だった。それが分かると、みんな指されることを案じて、次の問題に取り組んだ。明だけが、ただなんとなくその話を聞いていた。

話題は向日葵畑へと移っていた。視界が遠くになるに連れて、向日葵の金の群れは太陽に近付き、吸い込まれて行くかのようだ、と言う。

いい気な狂犬はどんなに恐ろしい吹雪の中でもそんな金の群れを想像出来るだ

ろう。明にはその自信があった。ギロチンの想像のおかげで、怖いものが一つもなくなり、無敵になったつもりでいた。もうろくした彼らの脳は、向日葵と同じ色をした金のヘドロで粘ついてしまう。やがてそれは充満し、鼓膜に染み込んで耳から溢れ出す。もう誰にも彼らを救えない。金のヘドロは溢れ続ける。眼球を押し流して、双方の鼻の穴から、口から、尿管から、肛門から。体の穴という穴から。それは廃墟を呑み込むだろう。あの恐ろしい殺人ロックが演奏されるライブハウスも呑み込むだろう。世界中が金色になるだろう。そして最後に一番醜くなった穴ぼこだらけの狂犬二匹の屍を誰かがちりとりに集めて捨てるのだ。

その時、明はシズコの壮大な計画を察した。シズコは全てのヒトを狂犬に変えようとしているのではないだろうか。金のヘドロは狂犬病のウイルスなのだ。

金色の世界はやがて実現する。狂犬は本気でそう思っている。それを想像すると、嬉しくて、泣けてくるのだ。

明は純一に今、考えたことをすべて話そう、と思った。そして彼に礼を言おうと思った。お前が伝染《うつ》してくれた病気のおかげで、楽しい事ばかり考えられるようになったよ。ありがとう。いい男は肝心な時に照れてはいけない。言うべき事はビシッと言えないとだめだ。

休み時間になった。満たされた気分になった明は一息つきたくなって一眠りした。

彼のそばで二人の少女が話を始めた。

「アキあのさあ、あの子自殺しちゃったらしいよ。八丈島からお母さんが遺体を確認しに来たりしてテレビですごいことになってた」

「ああ、そうらしいね。みんなに悪口言われて嫌になったんじゃない。『健ロク』も打ち切りになっちゃったしねえ」

子供の殺し。いじめられっこの過去を持つ八丈島の少女。彼女の音楽性を否定したミュージシャン。よく考えてみると、それらは何の関連もない。しかしそれらはまるで因果関係を持っているかのように機能していた。人々も少女がロック魂と心中したのだ、とごく自然に考えるまでになっていた。彼女は受難した聖女の印を与えられたのだ。

「『健ロク』って打ち切りなの？　それは痛いね。結構数字取ってたんでしょ、あれ。でもあの会社、エス・レコード？　オーディションでまた新しい子選んだんだって」

「思い出したあの子だ。この前そのオーディション、テレビでやってたよ。佐渡ケ島の子でさあ、超泣いてた。よっぽど嬉しかったらしい」

シズコの編み出した犠牲のシステムにはいくつかのパターンがある。孤島の者を中心へ。このやり方もその一つだった。


その日の放課後、まっすぐ家に帰ろうとした明は足止めをくった。彼を引き留めたのは白川めぐみさんだ。

ホームルームが終わるとすぐさま彼女は立ち上がって、目的地を振り返った。そしてサッカーのドリブルよろしく、机と人間を巧みにかわして、座席の突端にたどり着いたのだ。

明はその頃、机にしまっておいたプリントを鞄の中に移し変えていた所だった。白川めぐみさんは純一について、本人に訊けば分かるようなことを色々と明に質問した。彼女は明が純一について詳しい情報を握っていると見込んだようだ。生徒名簿か何かを見て、純一と明の家が隣同士であることを知ったのだろう。

明は彼女の質問に答えることが面倒臭くなってしまった。純一とは友達ではないから何も知らない、と言った。

白川めぐみさんは怪訝な顔をした。しかしいずれにせよ話す気がない、ということが伝わったようだ。彼女は諦めて彼の元を去った。

しかし明と純一がもはや友達同士ではないことは本当だった。彼らの関係はもっと不公平だった。だからと言って、恋愛関係のような熱烈な主従関係でもない。彼らの関係はもっと平和なものだった。彼らはそんな「二人」の関係ではなく、「二匹」の関係だった。その関係が果たして理想的であるのか、彼らは知らない。ただ与えられた印に忠実にしていたら、自然と「二匹の関係」というものになったのだ。

明が自宅に着くと、純一がドアにもたれて座っていた。明を待っていたようだ。学校へ行くつもりだったのだろうか、制服姿だった。

「お前、ここで何やってんの？」

「おう」

明はしゃがんで純一の顔を覗き込んだ。顔面がジャガイモのように歪んでいる。左右の頬骨の大きさが明らかに違っていた。

「鍵は？」

そう言って明は例のポストを覗いた。

「なんだ、あるじゃねえか。なんで外で待ってたの?」

「お前の母ちゃんにばれた」

純一はずずっと鼻水をすする音を出した。

「え、ばれたの? どうして」

「知らん。お前のベッドで睡眠してたら、悲鳴上げて叩き起こされた。スウィミンググーテンモルゲン状態ってやつだな」

明の母親はいつも八時三十分頃、勤めに出て、七時頃、帰って来る。その間に家でどんなことがあっても決して分からない筈なのだ。今日は忘れ物でもして戻って来てしまったのだろうか。

「まあ、入れよ」

明は鍵を開けた。

「入っていいのか?」

「いいんじゃない」

明は純一を家へ招き入れた。明はすぐ部屋へ向かおうとする純一の襟を摑んだ。

彼はそのまま純一をダイニングまで引きずり、椅子に座らせた。

「でもお前さあ、ファミレスで時間潰すとか思い付かないかなあ」

明は冷蔵庫を覗きながら言った。

「金、持ってない」

「そう……だったな」

明はライトアップされた野菜のくずに向かってそう言った。

「今日学校は？」

「今日はやめた。なんか面倒臭くなった」

「お前もやっと学校の面倒臭さに気付いたか」

明は笑っている。手には蒼ざめた保冷剤がある。彼はそれをテーブルに置くと、
純一の前に押し出した。

「俺なんか学校さぼりまくってるよ。それでテレビでやってる映画とか見たりし

てさあ。つまらな過ぎてなんかハマッちゃうんだよ」

純一は保冷剤を顔に当てる。明の顔は笑ったままだ。

「この前なんか『魅惑の女囚ギャルコマンド部隊サラマンダーパート2』っていうの、やってさあ……」

純一がやっと微かな笑顔を見せ始めた。

明が無理矢理、彼を笑わせたせいだろうか。彼の顔面から血液が滴り落ちた。鼻血だ。

「ああ、ティッシュ、ティッシュ」

明は言うと、焦って箱入りのティッシュペーパーを探したが、見当たらない。彼はダイニングルームを出た。

その間、純一は鼻の穴を手のひらで押さえ、たまに喉にたまる鼻血を飲み込んだりしていた。

「ほら、持って来たぞ」

明がトイレットペーパーを手にして便所から戻って来た。純一はそれを小さくちぎって両方の鼻の穴に詰めた。さらに大きめにちぎると、そこに痰になった鼻血を吐いた。彼がそれを折り畳むと、明が手を出してきた。純一は当然のようにそれを明の手に置いた。

ごみ箱に処分した後も、明の手のひらはねばねばしていた。これだったらティッシュペーパーなんてせこいこと言わずに、自分の手を差し出してやっても同じだったかも知れない、と思った。

ジャガイモのような顔面。そして双方の鼻の穴に詰め込まれたティッシュペーパー。哀しい程滑稽だ。明には純一が体を張って人を笑わせる芸人のように見えた。純一は学校で実によくクラスメートを笑わせた。彼らはそんな純一を愛着と軽蔑の入り混じった思いで見ていた。一方明はそんな彼を敬意のようなものを持って見ていた。いずれにせよリーダーシップのない彼がクラスの中心にいることによって、クラスは安定した。もし純一が誰かのことを嫌いだ、と言ったら、その人物はいじめにあっただろう。しかし純一はそんな発言力でクラスを混乱させることはなかった。純一はクラスの中心的存在にもかかわらず、その地位をまったく利用しなかった。いや、不器用な彼のことだ、出来なかったのだろう。ゼロに等しい存在を中心に据えることによって、この小さな共同体の調和は保たれていた。純一はドーナツの穴だったのだ。これはカリスマになった普通の女子高生にも同じことが言えた。そしてその安定の中では、カッコいい手本を求めるロック魂はもはや不必要なのだ。

しかしそんな無機的なシステムのことなどどうでもいいことだ！　中心に座る狂犬は今や有機的な鎖によって端に座る狂犬と結ばれていた。

二匹を結ぶこの関数はヒトの座標空間において、理屈では不可能なものだった。しかしそれが一度成立してしまった瞬間、その空間は崩壊する。

明はためらいながら尋ねた。

「純一、話したくないなら別にいいけどよ……」

「クラスの奴らだよ。学校行く途中に捕まった」

「クラスの奴ら？　え、お前が？　なんで？」

愚問だった。今日という日にたまたま藤田純一という人間の存在がムカついたので殴った。それだけのことだ。そんなことが問題なのではない。

明は純一を見た。純一は鼻の穴に詰めたティッシュペーパーの栓を抜いた。栓にはどろどろとした鼻血の塊が垂れ下がっていた。彼は上を向き、ティッシュペーパーをちぎって新しいのを詰めた。明が手を出す。彼は血の塊にまみれた栓を、やはり礼も言わず、当然のようにそこに置いた。

藤田純一の席は教室の中心に在る。彼は人気者だ。彼には周りの人間から大事にされる印がついている。しかし彼は古い印と共に死に、新しい印と共に二匹の狂犬の一匹として生まれ変わったのだ。

明は自分の手を強く握った。彼の手の中で血の塊がけなげに苦痛を隠している。彼は自分と純一が鎖で結び付いたことを後悔した。

しかし二匹の鎖と純一の危機の因果に何の説得力があるだろう。未だにどういう人間が狂犬病になってしまうのか、謎のままだというのに。つまり彼らが狂犬病になったこと自体、暴力的な偶然なのだ。しかしそもそも純一の危機はそこから始まっているのだ。結局、明の力ではどうにも出来ない。

明は下を向いた。手の中には純一の血がある。彼の心の中で純一に対する激しい慈しみが爆発していた。

「純一、どこか遠くへ逃げたいなあ。見えない大きな手の届かない所へ」

「見えない大きな手？　なんだそりゃ」

明は黙り込んだ。

「見えない大きな手」という言葉を最初に使ったのは純一だった。彼はもう昨日自分が言ったことすら覚えていないのだ。狂犬病は巧みに彼を蝕んでいる。自分に与えられた印についてとやかく言えないようにするために。

明は恐ろしくなってぶるっと震えた。

「どうした明、寒いのか？　夏休みとヒマワリのことでも考えろ」

それは太陽に吸い込まれる向日葵のことだった。

明は思い出す。そうだ、自分は純一と穴ぼこだらけの屍になるのだ。そして、金色の世界を実現させるのだ。純一は印に対する白痴として、すでに脳みそを金のヘドロに浸している。

明はそんな彼に近付きたいと思う。

「ワオーン！」

突然、明は立ち上がって吠えた。

「ワオーン！」

純一がそれに応える。

「ワン、リン、ワン、キャワン」と明。

「グルルルル、クゥーン」と純一。

「ココア飲みに行こうぜ。おごってやる」

明は純一の肩に手を回して言った。

「オゴリ!　やった。しっぽフリフリフーリ」

二匹は顔を見合わせると、犬歯が見えるまでニカッと笑った。

明ははしゃいで言った。

「早くしようぜ、ココアダッシュ。レッツラゴン!」

二匹は家を飛び出すと、ウオーと叫びながら走った。擦れ違ったチビッコ様が蔑むようなクールな目で彼らを見た。

それに気付いた明は純一に内緒で笑い、そして絶叫した。

「若気の至り全力疾そーうっ!」

その合図で二匹はもっと大声を上げて、互いにドロップキックをしながら走った。早くココアが飲みたかった。

解説　出発点の高いハードル

陣野俊史

この数年、鹿島田真希が卒業した大学に、週一回、出講している。その大学のある建物の地下一階の廊下に、鹿島田真希が三島由紀夫賞を受賞した新聞記事のコピーが貼りだしてある。ちょっとふっくらした鹿島田が、何かを吹っ切るような表情で写っていて、近況や受賞の感想を短く述べている。私はその廊下を通るたびに、なぜかチラッとそのコピーを見てしまうのだが、鹿島田が、学生用の校門から教室まで森を抜けていかなければならないほど広く、静かなその大学でどんな学園生活を送ったのか、迂闊《うかつ》なことに私は知らない。

『二匹』の舞台は、大学ではない。高校。しかも、学園生活と呼べるような悠長な時間を主人公の二人は過ごしていない。高校二年生の妻城明と藤田純一は、幼馴染だが、純一は傑出《けっしゅつ》したキャラでクラスの人気者であるのに対し、明はいまひとつクラスに馴染めていない。だが、純一は突然、狂犬病に罹《かか》ってしまう（って、この小説を読んだ人はこの事実を知っているわけだから、こんな解説は不要なのだが）。名前や出来事をすぐに忘れてしまう純一……。しかし彼の病気も、シリアスに受け取られるでもなく、二人の間でギャグは量産され、奇妙なやりとりは小説全体を覆い尽くしている。ただ、狂犬病は純一ひとりの問題ではなく、明も感染してしまう。つまり、二人は二人だけにしか通じない冗談や会話で濃密な関係を深めていき、タイトル通り、二人は、「二人」から「二匹」へと滑り落ちていく。このことは重要である。

『二匹』が傑作である所以《ゆえん》は、学校＝共同体の中で暮らしていながら、共同体と成員という関係を断ち切って、二人共同体を「二匹」共同体へと変換することで、より強い紐帯《ちゅうたい》で結ばれた共同体を、学校の内部に作りだしていることなのだ。ふざけ続け、保健室でじゃれあい、最終的に純一と明は「二匹」の関係に到達する。いささか無防備に、小説にこんな言葉を鹿島田は紛れ込ませている。「しかし明と純一がもはや友達同士ではないことは本当だった。彼らの関係はもっと不公平だった。だからと言って、恋愛関係のような熱烈な主従関係でもない。彼らの関係はもっと平和なものだった。彼らはそんな『二人』の関係ではなく、『二匹』の関係だった。その関係が果たして理想的であるのか、彼らは知らない。ただ与えられた印に忠実にしていたら、自然と『二匹の関係』というものになったのだ」

共同体を統率する者は、明と純一のような関係を夢みる。人間であることさえ必要としなくなるような（そう、動物になる！）関係。ジョルジュ・バタイユであれば、自分の死をもってさえ至高のものに仕立て上げようとした無頭の共同体がすぐに頭に浮かぶし、ボリビアの山中で自分の部隊を強く純粋に結束させようとしていたチェ・ゲバラの脳裡《のうり》をよぎった共同体の理想像も、あるいは「二匹の関係」に似ていたのかもしれない。「二匹で完結したんだ。保健所はもう必要ない」。鹿島田はこうも書いている。

完結した、至高の共同体。鹿島田がデビュー作で書いていたのは、これである。どんな意匠を施されていようと、鹿島田が本物の作家だったことの証明は、自分の出発点にこんな高いハードルを置いたことだった。以後、鹿島田は、共同体と至高性（聖なるもの）との関わりを描いていくことになるけれど、それは『二匹』があったからこそ可能な歩みだったと思う。少し話が逸《そ》れるけれど、この鹿島田真希の小説に近いものとして、佐藤友哉の小説がある。兄と妹の近親相姦的恋愛を描いて、その完結性を強く印象づけた『子供たち怒る怒る怒る』のような小説は、鹿島田真希の『二匹』の傍らで読まれる必要があるだろう。そういえば、鹿島田の三島賞受賞作『六〇〇〇度の愛』は、名称を剝ぎ取られた、「男」と「女」としか呼ばれぬ登場人物が、「恋愛関係のような熱烈な主従関係」（鹿島田）を可能な限り回避しながら、長崎という舞台で交錯する魅力的な小説だったけれど、

「女」には忘れることのできない「兄」が存在していて、ここでもやはり「兄妹」の関係が大きく影を落としている。「兄妹」関係が現代文学の最前線で果たしている役割については改めて考える必要があるだろう。

……と、「文学」の側からいささか堅苦しく鹿島田真希の小説を捉えてみた。本書を手にとった読者の方々はおわかりだろうが、じつはそう難しく読む必要もない。ダジャレの滑り具合を愉しむことだって十分にできるのだ。つまり、単に読んで面白いのである。

文庫化されるとわからなくなると思うから、残された紙数で一九九九年の初めに出た単行本のことも少し書いておこう。

装丁は常盤響。帯にはこうある。「松浦理英子氏　笙野頼子氏　長野まゆみ氏　久間十義氏《全選考委員絶賛》はやくも〝J文学の最高傑作〟の声、続出！　聖なるバカに福音を！　女子大生ファイターが贈る学園ハードボイルド　第35回文藝賞受賞作」……。帯ウラには松浦、笙野、長野各氏の選評の抜粋がある。松浦理英子は、「いずれ化ける可能性も充分と見た」と述べ、笙野頼子は「この非常識な娘に無意識のジャンプを強制した、未発達でも先の長い『力』」を評価し、長野まゆみは「気持ちがいいくらい個人が特定されず」にいることに惹かれたと書いている。選考委員の慧眼《けいがん》はたしかに素晴らしくて、鹿島田は本当に「化けた」し、「先の長い『力』」を発揮しつつあるし、「特定されない」「個人」はついに『六〇〇〇度の愛』に至って、マルグリット・デュラスばりの男と女に着地したのだと言えるだろう。

ただ最後に私が単行本の惹句の中で注目したいのは、「聖なるバカに福音を！」という言葉と、「J文学の最高傑作」といういささか安易なセリフだ。

鹿島田は主題として「聖なるバカ」を延々と書いてきたとまとめることができる。もっと言えば、「聖なるもの」がみせる滑稽さへの執着が彼女の中にある。至高性の方へ顔を向けながら、同時に臍や性器を触っているような。いや、もっと滑稽なもの……病気の身体を心配しながら、そんな身体、捨てちまえよ、箒《ほうき》で掃いて捨ててやるぜ、レレレのレー、とか。うーん×3。ただ、このアンドヴァレントな感じは、彼女の本質だろう。

それから、「J文学の最高傑作」だけれど、九〇年代の終わりの「J文学」と括られてきた一群の作家たちは、じつはいまもしぶとく生き残っていて、「J文学」の呼称の是非はともかく、私はそのムーヴメントを捉えようとした気概（！）は高く評価している。そして、鹿島田真希のデビュー作をきちんと掬《すく》い上げる網の機能を果たしたのであれば、「J文学」という名前も悪くなかったな、と思う。つまり、鹿島田真希を発見したことの意味は、狭い「〜文学」の領域をけるかに超えて、日本文学全体にとって、大きなインパクトを与えたことにある、と、いま、私たちはようやく気づきつつあるのだ。

本書は一九九九年一月、単行本として小社より刊行されました。
初　出……「文藝」一九九八年冬号

二《に》匹《ひき》

二〇〇五年一二月二〇日　初版発行
二〇一一年七月三〇日　2刷発行

著者　鹿島田《かしまだ》真希《まき》
発行者　小野寺優
発行所　株式会社河出書房新社
〒一五一－〇〇五一
東京都渋谷区千駄ヶ谷二－三二－二
電話〇三－三四〇四－八六一一（編集）
　　〇三－三四〇四－一二〇一（営業）
http://www.kawade.co.jp/

ロゴ・表紙デザイン　粟津潔
本文フォーマット　佐々木暁
本文組版　KAWADE DTP WORKS
印刷・製本　凸版印刷株式会社

落丁本・乱丁本はおとりかえいたします。
Printed in Japan　ISBN978-4-309-40774-6

河出文庫

学校の青空

角田光代　40579-7

中学に上がって最初に夢中になったのはカンダをいじめることだった——退屈な日常とおきまりの未来の間で過熱してゆく少女たち。女の子たちの様々なスクール・デイズを描く各紙誌絶賛の話題作！

東京ゲストハウス

角田光代　40760-9

半年のアジア放浪から帰った僕は、あてもなく、旅で知り合った女性の一軒家を間借りする。そこはまるで旅の続きのゲスト・ハウスのような場所だった。旅の終りを探す、直木賞作家の青春小説。解説＝中上紀

小春日和　インディアン・サマー

金井美恵子　40571-1

桃子は大学に入りたての19歳。小説家のおばさんのマンションに同居中。口うるさいおふくろや、同性の愛人と暮らすキザな父親にもめげず、親友の花子とあたしの長閑な〈少女小説〉は、幸福な結末を迎えるか？

文章教室

金井美恵子　40575-4

恋をしたから〈文章〉を書くのか？＜文章＞を学んだから、〈恋愛〉に悩むのか？　普通の主婦や女子学生、現役作家、様々な人物の切なくリアルな世紀末の恋愛模様を、鋭利な風刺と見事な諧謔で描く、傑作長篇小説。

タマや

金井美恵子　40581-9

元ポルノ男優のハーフ。その姉は父親不詳の妊娠中、借金と猫を残してトンズラ。彼女に惚れてる五流精神科医はぼくの異父兄。臨月の猫は押しつけられるし変な奴等が押しかけるし……。ユーモア冴え渡る傑作。

道化師の恋

金井美恵子　40585-1

若くして引退した伝説的女優はオフクロ自慢のイトコ。彼女との情事を書いた善彦は、学生作家としてデビューすることに。ありふれた新人作家と人妻との新たな恋は、第二作を生むのか？　目白四部作完結！

少年たちの終わらない夜

鷺沢萠　40377-8

終りかけた僕らの十代最後の夏。愛すべき季節に別れの挨拶をつげる少年たちの、愛のきらめき。透明なかげり。ピュアでせつない青春の断片をリリカルに描いた永遠のベストセラー、待望の文庫化。

スタイリッシュ・キッズ

鷺沢萠　40392-1

「あたしたちカッコ良かったよね……」理恵はポツリとそう言った。1987年の初夏から1989年の夏まで、久志と理恵の最高のカップルの出会いから別れまでの軌跡を描く、ベストセラー青春グラフィティ。

ハング・ルース

鷺沢萠　40462-6

ユニは19歳、なんだかとても"宙ぶらりんな存在"のような気がする。一緒に暮らしていた男から放り出され「クラブ・ヌー」でフェイスと出会い、投げやりな共同生活を始めたが……。さまよう青春の物語。

私の話

鷺沢萠　40761-7

家庭の経済崩壊、父の死、結婚の破綻、母の病……何があってもダイジョーブ。波乱の半生をユーモラスに語り涙を誘う、著者初の私小説。急逝した著者が記念作品と呼んだ最高傑作。解説＝酒井順子

きょうのできごと

柴崎友香　40711-0

この小さな惑星で、あなたはきょう、誰を想っていますか……。京都の夜に集まった男女が、ある一日に経験した、いくつかの小さな物語。行定勲監督による映画原作、ベストセラー!!

レストレス・ドリーム

笙野頼子　40471-5

悪夢の中の都市・スプラッタシティを彷徨する〈私〉の分身とゾンビたちの途方もない闘い。ポスト・フェミニズム時代の最大の異才が今世紀最大、史上空前の悪夢を出現させる現代文学の金字塔。

母の発達

筌野頼子　40577-0

娘の怨念によって殺されたお母さんは〈新種の母〉として、解体しながら、発達した。五十音の母として。空前絶後の着想で抱腹絶倒の世界をつくる、芥川賞作家の話題の超力作長篇小説。

ユルスナールの靴

須賀敦子　40552-5

デビュー後十年を待たずに惜しまれつつ逝った筆者の最後の著作。20世紀フランスを代表する文学者ユルスナールの軌跡に、自らを重ねて、文学と人生の光と影を鮮やかに綴る長編作品。

文字移植

多和田葉子　40586-X

現代版聖ゲオルク伝説を翻訳するために火山島を訪れた“わたし”。だが文字の群れは散らばり姿を変え、“わたし”は次第に言葉より先に、自分が変身してしまいそうな不安にかられて……。言葉の火口へ誘う代表作！

リレキショ

中村航　40759-5

“姉さん”に拾われて“半沢良”になった僕。ある日届いた一通の招待状をきっかけに、いつもと少しだけ違う世界がひっそりと動き出す。第39回文藝賞受賞作。解説＝GOING UNDER GROUND 河野丈洋

少年アリス

長野まゆみ　40338-7

兄に借りた色鉛筆を教室に忘れてきた蜜蜂は、友人のアリスと共に、夜の学校に忍び込む。誰もいない筈の理科室で不思議な授業を覗き見た彼は教師に獲えられてしまう……。文藝賞受賞のメルヘン。

野ばら

長野まゆみ　40346-8

少年の夢が匂う、白い野ばら咲く庭。そこには銀色と黒蜜糖という二匹の美しい猫がすんでいた。その猫たちと同じ名前を持つ二人の少年をめぐって繰り広げられる、真夏の夜のフェアリー・テール。